向陽之處

Face The Sun

貓草——著

女孩們的牽手是日常，毫無理由就能擁抱。
但我隱約知道她不一樣，只有她的觸碰會蔓延到心臟。

Chapter 01　黎明之前

睜開眼睛後又是熟悉的一片黑暗。

盯著過近的天花板呆愣了好一會兒，才意識到自己不是在家裡。

我翻了個身，月光從窗簾的縫隙灑落在臉上，我靜靜看著懸浮在空中的微小灰塵，被月光照射得閃閃發亮。

凌晨三點，全世界彷彿都靜止的時刻，只有不遠處傳來幾人均勻的呼吸聲，暗示著時間仍在流動，而且永遠不停。

生活像脫序的列車，明知道鐵軌壞了，隨時會失控，卻無法停下來。

「我不在家裡。」

我在心裡默念這一句話。伸手摸過床緣的木紋，鬆了一口氣的同時心臟又如同被揪緊。沒有聲音也沒有光的時候，白日得以擱置在陰影之下的不堪，在此時無所遁形。全世界好似只剩自己醒著的時刻，急於隱藏的什麼便在黑暗裡快速地膨脹開來。

搬進宿舍後，第一個禮拜裡，我已經連續四個晚上在一片漆黑中醒來。每次睜開眼睛，我都會急著確認自身位置，一遍又一遍地確認不是家裡的天花板，心跳才得以趨緩。

只要閉上眼睛，彷彿就能看見媽媽那張不諒解的臉。

「妳就這麼想離開家，到外面跟人鬼混嗎？」

她最後的咆哮言猶在耳，字字句句用力地刮著我的耳膜。每次回想，耳鳴就會在腦袋空白之後嗡然襲來。

我嘆了口氣，悄無聲息地順著木頭階梯溜下床，輕手輕腳地走出室友們一片祥和的夢境。

走廊上只有一盞昏暗的燈亮著，一路指向盡頭的交誼廳。感應式的走道燈依序亮起，爲半夜睡眼惺忪的人提供免於跌倒的微弱燈光。不需要常駐，只要在走去裝水的路上看得清，回去也看得清即可。

走過的路沒過多久又回歸黑暗。

走廊盡頭的交誼廳擺放著沙發和桌椅，落地窗外是一個還算空曠的陽台，提供生活一絲得以喘息的餘裕。

我茫然地滑著手機，看著社群軟體上大家五彩繽紛的生活，一幕幕從眼前跳過，複雜的情緒漸漸在胸口成形。

陌生的空間、陌生的城市、陌生的人際關係，還有千篇一律的噩夢。

全都讓人感到疲憊。

比起一刀見骨的致命傷口，焦慮的日子更像是慢性病，不大不小的痛苦遊走在忍受的邊緣，一點一點地鑽刺，久了也能皮開肉綻。永遠好不了的舊傷，與新傷層層疊加，噬入骨髓，漫無止境。

門忽然開了，我疑惑地看著，是我剛剛走出來的那扇。

腳步聲在走廊上響起，即使光線昏暗，還是能認出是同寢的羅瑪暄。她將手機緊貼在耳邊，幾縷髮絲凌亂地沾在臉上。

抬頭和我四目相交的時候，她臉上掠過一絲遲疑。此時電話另一端的人逐漸提高音量，她連忙伸手壓住話筒，匆匆走過我身後，旋身閃進交誼廳的陽台，順手拉上落地窗。

玻璃隔絕了聲音，卻隔絕不住瀰漫的焦慮。

她和我一樣是半夜睡不著覺的人，又也許該稱之爲半夜沒辦法睡覺的人。

和我一樣，都背負著某些說不出口的過去。

手機的震動拉回我的注意力，姐姐傳了幾則訊息詢問我的近況，順帶提及最近家裡的大小事。

和媽媽的聊天室依舊停在兩個月前，自從我拉著行李走出家門，她還未曾跟我說過一句話。

「隨便妳吧，要念就去念。」

在我鼓起勇氣跟她坦白已經考上這所學校時，媽媽平靜如水的語氣，遠比她的咆哮甚至是動手更讓人受傷。

落地窗拉開又關上。

一抬頭，我看見羅瑪暄滿臉疲憊，抓著手機的右手無力地垂在身側，螢幕已經一片寂靜，她嘴唇掀動，欲言又止。

「早點睡。」

最後，她只輕輕放下一條巧克力，然後悄悄地轉身踱回寢室。

「妳也是。」我輕聲說道。

感應燈在她身後一盞一盞熄滅。她的背影模模糊糊的和黑暗融爲一體。

我盯著桌上那條巧克力，忽地眼眶一熱。

那是我第一次看到沒有笑著的她。

「溫珞予！快起床，我們要遲到了！」

猛拍床板的聲音把我嚇醒，接著，若琳充滿朝氣的嗓音在耳邊響起。

我睡眼惺忪地起身，還沒從睡眠不足中緩過神。茫然地環顧四周，寢室裡只剩我一個人還躺在床上。我將視線轉到羅瑀暄身上，才逐漸找回雙眼的焦距。她已經站在門口，穿好鞋子準備出門。

寢室裡羅瑀暄和可馨是法律系，我和若琳則是傳播系。兩個系所八竿子打不著，唯一的共通點大概是都很常熬夜。

若琳很吵，是標準的瘋子類型。她的穿衣風格和她的人一樣浮誇，衣櫃打開可以湊齊彩虹所有的顏色。

可馨一看就是標準的菁英學霸臉，皮膚白皙，細長的眼尾微微上勾，瞪一眼就能讓男生同時凍死和心動死。

而羅瑀暄，我第一次用「清新脫俗」來形容一個人。她深邃的眼睛是清澈的淺褐色，一頭黑長直髮，臉上胭脂未施，最大的叛逆，大概是髮尾處的內彎。

其實她是個淚腺和笑穴同樣發達的人，看《玩具總動員》會哭，看《蠟筆小新》會大笑出聲。她在寢室裡看著影片哈哈大笑時，我總會不經意地想起我們相遇的那晚，她在走廊徬徨遊蕩的模樣。

在半夜醒來的時候，我們是用條巧克力相互加油的關係，但白日很有默契，誰也沒有提及夜裡發生的事，誰都還沒準備好撕開自己的傷疤，只能繼續裝作若無其事。

累積的巧克力種類越來越多，若琳老是嚷嚷著，她練完系排回來餓得半死，巧克力不吃擺著也是浪費，不如給她。在她真的偷吃掉一盒看起來很高級的柳橙黑巧克力之後，我決定把那堆巧克力帶上床，還小心翼翼地用帆布袋收妥。

某次，我在深夜醒來，翻身時不經意地碰倒了袋子，淡淡的甜香瞬間在身邊飄散開來。一片漆黑之中，我摸出那條巧克力，咬了一口，舔進滿嘴的甜味，卻驅趕不了胸前糊成一團的苦澀。

週末是心照不宣的返家日。

走進宿舍時，鞋子和行李箱都不在。以往室友們回家的時間會稍微錯開，我不至於獨自捱過週末，然而今天寢室裡一片漆黑，只有房間盡頭連接著小陽台的開口透出微光。

落地窗半開，留了一道縫隙，窗簾被風吹得微微飄動。

我被皎潔的光芒吸引，忍不住伸手觸碰，伸出的手直接穿過半開的縫隙，被包覆在夜晚微涼的空氣。

抬腳跨過窗沿，我正好闖進她那雙淺褐色的眼睛裡。

羅瑀暄用我見過的熟悉姿態握著手機，毫無靈魂的伏在耳邊，一樣的髮絲凌亂，緊攥的手裡是另一場勃發的風暴。

我應該要趕快離開，但話筒裡傳來的歇斯底里太過熟悉。

她將食指壓在唇上，機械般地回應了幾句。在冷冽的月光下，她的臉同樣的蒼白，眼底毫無波瀾。

通話最後結束在對方怒不可遏地掛斷電話。

小陽台就此沉寂了下來，遠處的野狗嚎叫著，反倒襯得更加寂靜，連心跳聲都清晰可聞。

整座小陽台像是被宇宙隔絕的空間，遺世獨立，寂寞瞬間膨脹吞噬，我還來不及開口，就被她眼裡的悲傷淹沒。

「抱歉，我不是故意要偷聽的。」我率先道歉。

「我以爲妳也回家了。」羅瑪暄轉過頭看向遠方，開口時的語氣冰涼，下墜濺起短暫而熟悉的刺痛。那是在一片寂靜中，羅瑪暄摔碎在地上的聲音。

我假裝沒看見她轉頭的瞬間有些通紅的雙眼。

若琳和可馨返家的次數頗爲頻繁，開學一個月以來，已經是第三次回家。

羅瑪暄的行李箱我在搬進宿舍時見過一次，淺紫色的硬殼，上頭有一層鍍膜會閃著彩虹般的金屬光澤，是個會讓人留下深刻印象的漂亮行李箱，但之後便塵封進衣櫃深處。我好像從來沒看過她收拾行李。

「我開學後還沒有回家過。」我笨拙地開口，試圖表達出感同身受。

「我也是。」她晃了晃手機，「好像每次都被妳看到狼狽的樣子。」

我想起她面無表情站在風暴裡的模樣，難以言喻的感覺蔓延至心臟。我還在尋覓下一個開口的時機，她就適時地塡補上空白。

「要不要去便利商店？」

樓下全家的人潮比平時少了許多，但依舊燈火通明，相較於昏暗的宿舍，彷彿是截然不同的兩個世界。

結帳時，面對店員開朗的聲音，我反而有些侷促，這樣光明且美好的世界不適合自己。

羅瑀暄買了兩手啤酒，還叫了鹹酥雞外送。我拿出錢包，她搖搖頭拒收，「一直吃巧克力，偶爾也該換換口味。」

從前不甘於困在狹小而封閉的生活，全世界就是從家裡走到學校的距離，頂多再加上補習班。然而，當我們突然走入世界之大，反倒在蒼茫的天地瞬間失重，找不到自己的容身之處。

失色的、徬徨的，或許能稱之爲成長的階段，我們還沒找到接住自己的方式。

打開裝滿啤酒的鋁罐，氣泡一擁而上，我也慢慢掂量起開頭。

「我是因爲想離家遠一點才塡這間學校的。」

媽媽收起衣架和水管很久了，姐姐和哥哥時常繪聲繪影地描述從前是如何被追著滿屋子跑。

但不是只有身體挨打才會造成傷害，精神上的折磨也能將人消耗殆盡。

媽媽在外人面前看似開明，實則希望我全數照她所說的去做。比謾罵更痛的是冷嘲熱諷，跟她說要和朋友出門、想去上遠一點的補習班，她便會尖酸刻薄地問我是想去哪裡鬼混。

「妳那是什麼態度？我是妳媽！妳有什麼資格跟大人頂嘴？妳給我注意妳身爲子女的態度。」

媽媽抬起手的時候，不是搧在臉上，就是重重落在後腦勺。大多數只是爲了非常微小的事情，有時甚至毫無理由。她的歇斯底里就像呼嘯的暴風雨，謾罵凌空劈開，狂風驟雨，捲著所有人一起沉入海底。

她堅信自己的理論，不接受反駁，語氣輕蔑又優越，輕易把他人貶得一文不值。這是她最擅長的手段，讓人懷疑自己的價值，進而質疑自己的理直氣壯。

打擊和貶低戳進最脆弱的地方，讓人不經意就相信自己一無是處。

媽媽的失控沒有停損點，她不覺得自己做過頭，眼裡只有自己的盛怒，沒有我們的遍體鱗傷。

同樣的結局總是反覆上演，要一直到她的怒氣消退，荒謬的鬧劇才會平息。媽媽會無視自己造成的一地凌亂，輕巧地轉身離開，假裝看不見淚水和我蜷縮在被子裡的姿態。

她從不道歉，因爲她沒有錯。她始終偏執地貫徹「輪不到自己妥協」的意志。而我在好多個夜裡滿臉淚痕的醒來，終於明白，僵持只會害自己被消磨殆盡，她仍然毫髮無傷。

我開始不再期待任何事，但內心深處還是迫切希望能被她認同，可惜不論我怎麼做，她都不滿意。從成績、類組到填志願，她對我的決定和成果嗤之以鼻。貶低已然成爲她的一種習慣，從未停止傷害，她卻毫不自知。

因此我也放棄爭論，我學會安安靜靜才能減少風雨，也學會端詳她的臉色決定要不要躲進書房，才不會在她帶著怒氣進門的時候，毫無理由的被抓去搧兩巴掌。

即使如此，耳朵關不上，她尖銳的言詞還是會一刀一刀的深深刻劃，飄進耳裡生根，向下鑽探，深入皮肉和血管。

告訴她我考上這裡之後，我們有很長一段時間沒有和彼此說話。直到現在，她還在等我先道歉。

我們的關係緊張得像被我越咬越短的指甲，焦慮在每一個有她的地方都會膨脹，我在開口之前就先逃到這裡。

這種關係不健康，問題沒有解決，底下還是暗潮洶湧，等著下一次被推上浪尖，泡沫消退之後會摔在鋒利的礁石上。

「我高中被發現交男朋友的那陣子，出門都要傳地標給她，跟誰、去哪都要交代清楚，她偶爾還會來查勤。」

媽媽看到在路燈下相擁道別的我們，不由分說的將我拖回家，重重甩了我一巴掌。

隔天她心平氣和地約我談話，長方的餐桌上我們各自占據一頭，那是能和彼此相隔最遠的距離。

雙方坐下來討論的光景看似開明，可她平靜地說出口的要求，卻一條比一條更不合理。

「可以不要分手，但從今以後，成績只能進步不能退步，要是退步了，那就全部都是妳交男朋友的錯。」

就著餐桌上方的吊燈，每天晚上，我在她面前咬著牙寫完所有學校作業，她用一副高高在上的姿態，詢問我每一節課的小考成績。在她面前我像個小學生，藤條抽得掌心滿是紅印，還要開口說謝謝。

我隱約覺得自己不該被這樣羞辱，怒氣卻無處宣洩。緊握到關節泛白的手，在紙上一個字、一個字用力刻印，自動筆也被我寫壞好幾枝。

然而高三的我，唯一的選擇是接受。

「我媽是會叫我拍照給她看，確認我是在宿舍，而不是跑到其他地方鬼混。」

羅瑀暄輕扯嘴角，試圖擠出一絲自嘲的微笑，接力棒交到她手上。

「一開始是叫我開視訊，但我說室友需要隱私，不喜歡隨時隨地被看，她才罷休。她對外人總是這麼親切，還處處著想，可能形象還是要顧。對我倒是想怎樣都可以。」

羅瑪暄說話的語氣稀鬆平常。她撕開鹹酥雞的紙袋，九層塔被炸得一團焦黑，她挑開那些慘狀，選了一塊好入口的遞給我。

「我們家是司法世家，親戚們不是檢察官就是律師。我爸也是律師，在念研究所的時候認識了我媽。」她接著說，打開啤酒仰頭灌了一口。

「我媽讀到博士，通過司法特考的最高等級。她的目標是當上大法官，但就在她累積經驗的時候發現懷了我。她老是說，她爲了我放棄博士學位和成爲大法官的願景，所以我的六個志願都只能填法律系，她一間一間幫我填的。」

「我媽也是。我當初騙她我要指考，卻瞞著她填個人申請的志願，就是因爲我怕她會半夜起來把外縣市的校系都改掉。」我忍不住接話。

她抬起頭，我們心照不宣地苦笑了下。

羅瑪暄淡淡地繼續，「我考上這裡她很不滿意，放榜後她每天都在哭，咆哮著問我爲什麼不照她的計畫走？是不是翅膀硬了，想要離開家再也不回來？問我怎麼可以這麼對她？她辛苦把我拉拔到這麼大，我卻不知感恩，一有機會就想往外跑。

「很嚇人吧！在人前，她是知名律師的夫人，差點就當上教授，端莊大方、舉止得宜。但是她每晚都是這樣。我離開家，她就改打電話，歇斯底里地哭著質問我。

「我的確想要脫離我媽，但我好像失敗了，就算我已經逃到這裡離她遠遠的，也依舊逃不開。」

羅瑪暄深吸一口氣，緩緩閉上眼睛，再睜開，「我每晚都會醒來，因爲我聽到有人在敲房門的聲音。醒來之後，我也一直盯著宿舍的門，我開始分不清什麼是眞的。」

看著她失焦的眼睛，我也想起了我那千篇一律的噩夢。

「所以我才想爲妳做點什麼，因爲妳好像跟我一樣睡不著。」故事接近尾聲。說出來，傷痛不會消失，但是多了一個人分擔這份沉重，好像比獨自行走來得輕鬆。

「她說，我毀了她的人生，所以要替她而活。」顫抖的手快要握不住啤酒罐，於是她一飲而盡，「爲什麼要擅自對我有所期望，又擅自失望？」

我們從來都不是他們擅自捏造的樣子。

我盯著手中的啤酒，悲傷說起來太長，氣泡早就逃得無影無蹤。水珠沿著鋁罐滑下，羅瑀暄的眼淚也滴落在手上，在掌心積成小水灘。我忽然覺得，我們好像又更貼近了。

沒有盡頭的噩夢，連哭都不能出聲。

我突然有股衝動想抱緊她，告訴她我對她的疼痛感同身受，但我們好像還不是能那麼貼近的關係。

於是她先向我伸出手了，手心的水灘在碰觸時聚流成河。她挨近我的身側，這勉強只稱得上半個擁抱，羅瑀暄伏在我的肩上痛哭失聲，我輕輕靠上她，側臉抵著額頭，任她哭溼半邊袖子。

「妳是什麼時候學會的？」

熄了寢室的燈，我們爬回各自的床上。窗外的雨滴敲著陽台的欄杆，一片漆黑中，她開口了。

「什麼？」

「學會哭不出聲音。」她的聲音像是夢囈，「溫珞予。」

「嗯？」

「我們的名字啊，一個是『雨喧』，一個是『落雨』。」

窗簾沒有拉好，從敞開的小縫可以窺見外頭的漆黑，映著月光的雨水不斷落下，將黑夜攪成一團陰暗交雜的模糊。

「雨的聲音好吵。」

雨聲襯著她虛無縹緲的聲音，我聚精會神地想聽清她沒說完的後半句話，但突如其來的疲倦和規律的雨聲不斷拉扯著我，酒精的催化也讓人有些恍惚，像墜入很深的海。

「我們會不會這輩子，都逃離不了雨季了。」

閉上眼前，我聽見她喃喃低語。

什麼時候學會哭不出聲音的？

我循著記憶溯源，越往回走越是一片荒蕪，黑暗的盡頭，我看見了九歲的自己。其實在那之後我也不輕易掉淚，畢竟沒再遇過什麼比那更痛的。

也許早在那時，我就已經用完了這輩子所有的眼淚額度。

隔天若琳和可馨開門的時候，一腳踢翻我們放置在門邊的塑膠袋，啤酒鋁罐滾落一地，而後是金屬撞擊的聲響，我和羅瑪暄被巨響驚醒，猛然爬起身。頂著浮腫的雙眼和布滿淚痕、亂七八糟的臉從床上忽然彈起，著實把她們嚇得不輕。

本來隨便打發就可以過去，但我一看到她們緊皺眉宇間的關心，辯解的話就都嚥了回去，只好乖乖坐到地板上。

「妳們最好老實說。」若琳瞇起眼睛。

有了第一次的經驗之後，再開口容易很多。輕描淡寫地帶過一些過於沉重的部分。若琳難得安靜下來，可馨也不知道說什麼，只默默地喝掉兩罐啤酒。

有什麼東西不斷滴落的聲音，我才發現若琳在哭。

「我跟我媽也因爲塡志願的事大吵一架過，我們冷戰了兩個多月，她到現在還是堅持自己是對的。雖然我跟家人之間大大小小的紛爭沒有這麼沉重，但用力去戳還是會感到疼痛。我以爲家人就是不管怎麼樣終究要和好的存在，因此再委屈也只能藏起傷痕，久了就會隨時間淡去。但我看到妳們才知道不是。」

她眼淚汪汪地看看我又看看羅瑪暄，「我們明明住在一起，我卻一直沒發現妳們不回家。」

「離開家裡之後，我跟我媽的關係好了不少，以前的事我也沒有辦法再追究，只能裝作相安無事。」可馨淡淡地描述她小時候被毒打的光景。睜開眼睛，看到牆壁上噴濺著自己的血，是她心裡最深的陰影。

我們聽得怵目驚心，卻擠不出一句安慰的話。

「我沒辦法說出『一切都會變好』這種話，但是距離產生美感，適當保持距離，才能有效地改善關係。」

可馨環顧著我們三個，像是對著自己說，也像說給我們聽。

「剛搬出來的時候我有點徬徨，因為突然失去給予我評價的對象。後來才發現，我一直都渴望被他們認同，那時，我開始意識到要為自己而活。」

關於自己，什麼都說了，但針對彼此的經歷卻什麼也說不出口。最後我們在寢室抱著哭成一團。

大家都有說不出口的故事，我們都能知曉彼此的痛是什麼模樣。

「我們去夜唱吧！」總是很冷靜的可馨把空掉的鋁罐捏扁甩到地上，站起來大聲宣布。

「贊成！」若琳不由分說的把我們從地上拉起。

酒氣瀰漫的我們，穿著系服搭配高中運動褲，亂七八糟地走在路上，一路上的人紛紛閃避或投以怪異的目光。

在KTV包廂裡，我們又叫了兩手啤酒，平時所有的壓抑都藉著酒精釋放。最後我們東倒西歪，還是緊抓著麥克風盡情嘶吼、盡情揮霍，依靠在彼此肩膀上，將失色的青春一點一點補回來。

自從告白大會之後，我們四個人的關係飛速躍進，每週五晚上都會來一場喝酒談心大會，最後經常在KTV裡作結。回宿舍的路上，路燈把每個人的影子拉得細長，我們搖搖晃晃地走回宿舍，時而貼近，時而分開，心卻是一直靠得很近。

每天早上，若琳起床後會把我們抱過一輪才甘願去梳洗，午餐和晚餐總要拉上我們，四個人一起吃。她也時常提著宵夜回宿舍，每個人愛吃什麼、不愛吃什麼，她都瞭若指掌。

在寢室瘋鬧的時候，可馨會扮演冷靜吐槽的角色，偶爾說出毒舌評論。刀子般鋒利的嘴，內心卻比誰都要柔軟，半夜起床上廁所看到我們還亮著檯燈趕報告，便會默默地泡一杯熱騰騰的奶茶遞上。

羅瑀暄會定期補給寢室的零食。她掃地時會連我們的位置一起清掃，還會把大家的衣服一併從小陽台收拾進來，摺疊整齊後放在每個人床上。

我們的寢室鋪滿奶茶色的巧拼，還買了電磁爐，偶爾會在寢室裡開火，四個人團團圍坐，搶著對方碗裡的菜。而後快煮鍋、電鍋和烤箱迅速攻占了剩餘的空間，一應俱全，儼然是一個小小的家。

不用趕報告的夜晚，我們會窩在地板上看電影，拿床上的娃娃充當靠枕，在小小的筆電螢幕前擠成一團。

我一向是個慢熟的人，不是會主動找人搭話的類型，也不像若琳在系上如魚得水。連自己都覺得不可思議，在系上和同學的交際最多就是在走廊遇到時點頭打個招呼的我，居然能和她們幾個處得這麼好。

回宿舍已經成了我每天最期待的事。住在同一個空間，生活相互滲透，覺得自己真是足夠幸運，才會遇到如此大相逕庭卻一拍即合的她們。

雖然我的家庭與普通相去甚遠，也不是很清楚何謂正常，但我想，所謂的家大概就是這樣的光景吧！

每一顆在家庭中負傷累累的心相互依靠，最後建構出家的模樣。

「妳下個禮拜會回去嗎？」

又是一個宿舍只剩我們兩個的夜晚。窩在小小的單人床上一起看男團的表演影片時，羅瑀暄突然問我。

自上次喝酒談心之後，每一次室友回家的週末，我們都下定決心要快快樂樂地過。

「暫時還沒吧。」突如其來的提問讓我一愣。

「我下星期應該會回家一趟。」羅瑀暄說得很快。

「怎麼這麼突然？」

「跟妳聊過之後，覺得自己好像可以面對。」她停頓了一下，慢慢抬頭，認眞地看進我的眼睛。

看著她決絕的表情，我感到欣慰，也感覺有些苦澀，覺得才一眨眼的時間，她就走到我觸碰不到的地方。

吃完的宵夜紙袋還散落在巧拼上，我已經出神地想著下星期要怎麼熬過漫長的週末。好在還有可馨和若琳陪我，不至於一個人。

平時室友回家的週末，她半夜摸黑偷爬到我床上時我總是嫌擠，現在竟覺得單人床只睡一個人又太過空蕩了。

幾天之後，可馨忽然接到家裡的電話，若琳也說忘了這週要家庭聚餐，因此她們兩個這禮拜都得回去一趟。

週末比想像中還快到來，反正回去也是一個人待著，索性就留在圖書館寫報告寫到閉館。

直到圖書館櫃台阿姨上樓趕人，我才不情願地拖著腳步回宿舍。

一室漆黑裡摸索著電燈開關的時候不禁有些心酸，這還是我第一次自己一個人待在宿舍。

然而更快亮起的是搖曳的燭光。可馨端著蛋糕從黑暗中一閃而現，各色光點同時點亮整間寢室，一串串小燈泡掛滿床板和書桌，有些灑落在腳邊，每向前一步，就像是踏在細碎的星光裡。

白色和半透明的圓型氣球在地板上彈跳，伴著若琳和羅瑪暄唱的生日快樂歌。抬頭一看，窗簾上掛著排成「Happy Birthday」字樣的金色氣球，我瞬間就紅了眼眶。

「我就說她會感動到哭吧！」若琳得意洋洋地笑著，拉開一個響炮，五彩繽紛的緞帶和碎紙如雪花般落到我身上。

「妳們不是說要回家。」好不容易開口，眼淚反而掉得更凶。

「心情先跌到谷底，獲得驚喜的時候才會加倍快樂啊！」羅瑀暄的歪理說得臉不紅氣不喘，「怎麼樣，是不是很成功啊？」

「快快，趕快許願。」可馨將蛋糕推到我眼前，跳動的火光晃得我又要模糊了視線。

「希望……希望我們四個每天都開開心心，只會遇到好的事情，做什麼都會成功。」

「太沒創意了吧！」若琳忍不住笑出聲，羅瑀暄打了她的頭要她安靜。

「希望我們四個明年還能一起住。」

第三個願望，我規規矩矩地放在心裡，說出口就不會靈驗。

「第三個別講啊！」羅瑀暄不忘叮嚀。

「我們居然占了妳的兩個願望耶！妳眞的這麼愛我們啊？」若琳眨著眼睛損我。

我吹熄蠟燭。瑣碎的、太過日常的小事，眞眞實實地反映出這就是一個家。

然而一年稍縱即逝，接下來就會重新分配宿舍。在這麼幸福的時刻，未知的變數隱隱讓人感到不安。

我們之間的情感得來不易又彌足珍貴，如果生日願望真的能實現，我好希望，我們能擁抱彼此的時間，不只在寢室的這一年。

睜開眼睛的時候，終於不再是全然的黑暗。

黑夜與白晝的交會，整間宿舍染上一層濛濛的微光，我從沒在這個時間醒來過。寢室的兩人都還熟睡著，我聽著她們均勻的呼吸聲，輕手輕腳地下了床。

微光源自房間盡頭的開口，薄紗窗簾透著微光婆娑起舞，如波浪般，與光線共同顫動，隱約看得見後頭那個人的輪廓。

兩扇落地窗之間留有一道縫隙，像是知道我們總會沿著裂縫找到彼此。

推開玻璃，羅瑀暄回頭，一看見我，她就淡淡地笑了，彷彿對我的到來從未感到意料之外。

「生日快樂唷！」她搖晃著手機，螢幕上是我戴著生日帽，一把鼻涕一把眼淚切開蛋糕的影片。

「雖然不是我的主意，但看到妳那樣的表情還真有成就感。」

「不是說決心要面對一切嗎？」我不忘損她，她只是笑著並未辯解。

「最後那些話，我是真心的。」

「什麼話？」

「妳拯救了我。」

遠方層巒疊嶂的群山突然乍現一絲天光。

「妳讓我有勇氣面對。即使我可能改變不了什麼，也不會覺得自己只有一個人，因爲我知道，有人會站在我這邊。」

襯著迷濛的天光，她露出一絲燦爛的微笑。

「生日快樂。」羅瑀暄遞過一個小小的白色盒子。

躺在盒子裡的項鍊有著立體球狀的天然石墜子，就像一輪滿月。透著光看，灰藍色礦石裡的冰裂，就像是月球刻蝕的表面。

「哇，很漂亮耶！謝謝。」額外的驚喜讓我受寵若驚，沒想到還會收到禮物。

「這是拉長石，又叫灰月光石。」她用指尖輕輕碰了一下墜子，「它可以幫助妳展現眞正的自己，吸引和自己靈魂契合的人。」

「爲什麼是月亮？」我看著灰色的拉長石透出一絲幽藍色的光，湧上澎湃的感動。

「因爲我們每一次的偶遇都在夜晚。」

她說的是那些難以成眠的夜晚，只屬於我們的祕密時光。

「妳看，太陽要出來了。」她指向遠方的地平線。

陽光從雲霧的隙縫間透射出，照亮空氣中還未散去的霧氣，形成一束束從天而降的光柱，透明而潔淨。

她的身影就這樣融在一團光暈裡，我後知後覺地想，這是我們第一次一起跨越黑暗，迎來曙光。

對於家庭我向來感到難以啟齒，僅僅從朋友聊天時偶然提及的片段窺視，都能明白我的家庭不同於那些平凡的模樣。但在羅瑀暄面前，所有的不堪無須隱藏。兩個在黑暗中相互依偎的人，才能領著彼此，走過最深的谷底。

Chapter 02 太陽升起的模樣

羅瑀暄越來越頻繁地擠在我身邊睡，偶爾會趁著關了燈悄悄摸黑到我床上。可惜她是整個寢室最早起的，很難看到她睡著時毫無防備的表情。沉睡的她臉上沒有平日裡的陰霾，那樣的放鬆與柔和比較適合她。

她喜歡追星，對自家偶像的表演舞台如數家珍，自從發現我的手機鎖屏也是韓團照片之後，她每天都會傳一堆影片給我。只要聊到她喜歡的事物，她就能喋喋不休，講上好幾個小時。

她很愛亂叫我的名字，「溫珞」或是「溫珞珞」，總之不想跟其他人一樣叫我「溫溫」。我也會以「羅暄暄」回敬她，她滿臉挫敗，直說她的名字沒有我的好聽。

她很喜歡各種天文現象，會在手機的日曆上標註日偏食、月全蝕、超級月亮和流星雨的日期，樂此不疲把大家都拉到戶外。

她迷信星座，也熱衷於各種心理測驗。我們會窩在床上一起看唐綺陽老師的直播，她也會在我準備踏出寢室前大聲宣讀今日幸運色，然後從衣櫃裡拿出一頂大紅色的毛帽，硬套在我頭上。外頭的氣溫三十二度整，我一拿下，她就開始驚天動地的哀號，也不管我快要遲到，逼得我抓起床上的企鵝娃娃揍她，然後若琳會興高采烈地加入這一團混亂，而可馨咬著牙刷站在遠處，一臉鄙夷，像是在看什麼低智商的生物。

後來我們會在週末傍晚出門蹓躂，白天與黑夜的交界，散發出一種朦朧的氛圍，好像能從中窺見世界的另一面。

氣溫正合適，我們避開下班時間出發，好擁有一小段不被旁人打擾的時光。在市區待一陣子之後，就能混入下班的洪流，假裝自己和世界的多數一樣正常。

羅瑀暄的家人爲了方便她在南部移動，買了輛機車給她代步，但她總是叫我載她。

「因爲騎車很累啊！」她理所當然的將鑰匙放到我手中，輕推著我上機車再爬上後座，動作流暢，彷彿在腦海中演練過無數次。

「我出車妳出力，這樣很公平。」她插著腰理直氣壯地說。

最後我會認命發動機車，倒不是她的話多有道裡，而是被她的笑容說服。

羅瑀暄喜歡在後座哼歌。從學校到市區的路上，兩側都是一望無際的田野，鋪滿了金黃的稻穗或鳳梨。我們追著風奔馳，即使車速不快，耳邊也總是呼嘯，然而她的聲音卻那麼清晰，不曾被風吹散。

縱橫交錯的田埂偶爾會有稻穗或鳳梨以外的偶遇。有次繞過某個陌生的轉角，我們撞進了一大片金黃色的熱浪。

「哇！哇哇！」羅瑀暄猛拍我的肩膀。

「喂！很危險。」我驚魂未定的將機車停在田埂邊。她毫不在意，直接跳下機車。

「我很喜歡向日葵呢！」她興奮地踏入金色花海，回過頭對我招手。

「看起來就像太陽一樣。鮮豔的顏色、存在感強烈的姿態。」

我隨著她走進那片花田，看著一朵朵挺立的向日葵，放射狀的金黃花瓣圍繞著，像散射的太陽光芒。

「總是朝向太陽、勇敢追尋，全然相信自己的信念。」羅瑀暄摸上一朵金黃的花，「但是這種花卻象徵著暗戀喔！」

「暗戀？」我疑惑地重複，無法將眼前充滿朝氣的模樣和說不出口的苦戀結合。

「向日葵的花語是『我凝視你』。」

沉默的愛、默默凝望。我聽著她繼續說。

太陽距離地面如此遙遠，向日葵永遠無法到達太陽所在的地方，仍是奮不顧身地凝望著天空，凝望著太陽所在的方向。

金黃盛放的存在給他人充滿希望的意象，但是輪到自己時，卻什麼都說不出口。

「溫珞！幫我拍照。」羅瑀暄突然將手機扔給我。

一連拍了好幾張，她都噘著嘴說不滿意。

「也許是這片向日葵海實在太漂亮了，很難用相機還原這樣的美景。」

她邊說邊往花田的深處走，指尖輕輕掠過花瓣，我看著她的背影緩緩沒入向日葵間。一陣風吹過，她的深黑髮絲凌風飄揚，參雜了幾片被風捲起的黃色花瓣，縹緲得像要消失。

「羅暄暄。」我忍不住喊住她。

她回過頭，臉上還帶著因向日葵綻放的姿態而生的微笑，身後是一片金黃的海。陽光傾落，將整片田野鍍上一層美好的金色，她的笑容是比太陽更純粹的光。

後來，那張照片她非常滿意。

「妳怎麼好像突然開竅一樣。」她反覆看著，止不住讚嘆，然後把那張照片換成頭貼。

「大概是掌握到光了吧！」我想起高中時攝影社的朋友說過的話，「光線可以掌握拍攝出的照片好壞。」

我沒說的是，在按下快門時，羅瑀暄就是此時此刻，我眼中這幅光景裡最重要的光。

羅瑀暄總說自己是雨——喧囂的雨夜，但她不知道，她是我的太陽。

「傳播概論是大一必修的理論課，本課程將引導同學們思考傳播與社會的關聯，理解傳播過程中的權力關係及其意識型態……」

教授平板的語調搭配天花板上無力轉動的電風扇，總是令人昏昏欲睡。

努力撐開惺忪的眼睛時，手機的震動把我從快溺斃的死水之中打撈了起來。

羅瑪暄又傳了個舞台影片給我。反正閒著也是閒著，我悄悄戴上一邊耳機，手撐在下巴掩飾，還撥了撥頭髮蓋住，接著點開影片。

也許是課程真的太無聊，看著舞台上勁歌熱舞的男團，平時不怎麼關心男團的我，忽然興起想要深入了解的念頭。

羅瑪暄喜歡的是哪一個啊？

我憑藉殘存的記憶，在搜尋欄上拼出英文團名，游標在螢幕上一明一滅，像是她對著偶像男團如數家珍時閃爍的眼睛。

若琳湊了過來，一臉狐疑地看看我又看看螢幕，「妳不是只看女團嗎？」

「羅瑪暄整天在宿舍播他們的影片，看久了就有點興趣了。」

「我也有傳給妳，妳怎麼就不看我推薦的團。」若琳怪叫著。

「妳太大聲了。」感受到周遭看過來的視線，我連忙用氣音含糊帶過。

「也太偏心了吧！」她不停地咕噥，「明明我跟妳在一起的時間比她還多，妳卻連我推薦的東西都不肯試一試。瑪暄不用開口妳就主動查。」

「妳是國中生喔，吃什麼醋？」心臟莫名揪了一下。我將話題丟回她身上，想就此帶過。

「那妳就看看我推薦的團啊！」她不死心地搖晃我的手臂。周遭的目光再次集中了過來。

「後面那兩位同學，聊得太開心了喔！」果不其然，下一秒就傳來教授的聲音，他低頭翻看手中的點名單，「溫同學，我剛剛問了什麼問題？請妳上台來回答吧！」

若琳整個人縮進座位裡裝死，我忿忿地瞪了她一眼，無力地起身準備上前，儘管我連老師問了什麼都不知道。

右手被快速地碰了一下，如蜻蜓點水，一張紙條塞進手心，我一愣，轉頭看向右側的魏如穎，她若無其事地撐著下巴看向黑板。而我的視線很快就注意到桌上，她左手壓著的筆記本被撕下一角。

我彎下身佯裝撿東西，趁這短暫的時間偷偷打開紙條，然後小心翼翼地藏進口袋。走向講台前我回頭看了她一眼，用嘴型無聲的說了句「謝謝」。

她無動於衷地看著前方，嘴角勾起一抹笑容，淺淺的一瞬我卻看得很清楚。

魏如穎是個很特別的人，第一次報告分組時，她就主動問我要不要同一組。

那時我在系上的存在感趨近於零，所以當她走到我面前並開口向我搭話，我著實嚇了一跳。

後來，魏如穎成爲我在系上少數會注意的對象。

她留著一頭齊短髮，身高很高，給人一種沉穩而安心的印象。雖然她總是獨來獨往，在所有的小團體間也能來去自如。她也是個相當有個性的人，不會勉強自己和不喜歡的人社交。

看著她邀其他人同組時，我常有意無意的猜想，當初她是看見我的哪一點，才會在整間教室裡挑中我呢？

握著那張紙條，我再一次體認到，她真的是個很好的人。

儘管她先伸出了手，我還是寧願躲在舒適圈。現在的生活很好，暫時不想拓展新的人際關係。又或者我只是害怕，不去嘗試，就不用承擔失敗的挫折。

☀

「沒想到溫溫會參加舞蹈組。」

波浪捲髮隨著若琳練習的動作彈跳，閃亮的無袖小背心和飄逸的裙裝，穿在她身上很適合，在我身上卻是怎麼看怎麼彆扭。

啦啦比賽是大一新生們最大的盛事。系上票選出的服裝是深藍色滾銀邊的無袖小背心，配上同色百褶短裙。在顴骨刷上銀色亮粉，眼皮貼上亮片，鮮明的色彩、浮誇的妝容，露出越多白皙的四肢，彷彿就越能展露青春的模樣。

「妳是覺得我跳得很爛嗎？」

系上借了韻律教室來練習啦啦比賽的舞蹈，我試圖複習剛剛教過的動作，但對著鏡子看起來更加羞恥。

「不是啦！穿誇張的衣服和引人注目，妳不是不喜歡嗎？」

若琳調整好服裝，大大方方秀出漂亮的腰線，反觀我努力將小背心往下拉，盡己所能想多遮住一寸皮膚。

「妳好像變得不太一樣了。」若琳的聲音和遠處傳來的音樂一起，在身邊輕快地縈繞。

「變得比較坦率？比較積極去參與活動？」她沒有停下練習的舞步，詞彙跟著她旋轉的動作不斷變換。

「我只是想和妳們一起參加校慶而已啦！」最後一個動作收尾，我從自己滑稽的肢體上別開眼。

若琳比我早一步停下來，透過鏡子看進我的眼睛。

「好像比較打開心扉了。」她笑得心滿意足。

我們回到宿舍也都在練習，一起嘲笑手腳最不協調的可馨，她總被我們鬧到氣呼呼地走進浴室，沒過多久，緊閉的門縫便會傳出啦啦比賽的歌曲。

「妳這樣還不如出來練。」憋笑著敲響浴室的門，可馨更爲悲憤的怒吼從裡頭傳來，我們再次笑倒在彼此身上。

曾以爲這樣的青春，與彆扭又慢熟的自己無緣。

跟好朋友一起參加校慶，一起揮灑汗水跳啦啦，即使在不同系所，我們每晚依舊爲了相同的目標努力。睡前聊著相關的話題，在宿舍配著音樂一遍遍練習，滿心期待上場表演的那天。儘管身處不同地方，仍像是一起參加一樣，這份參與感將我們緊緊拉在一起。

啦啦練習接近尾聲，其實我到最後都沒有和多少人變熟，大多數的時間還是待在若琳身邊。在各個小團體中來去自如的她，是我和系上微弱的一絲連結。

也許我還是不夠習慣大學的人際關係。

從小學到高中，友誼是一到八節課都在同一間教室裡提煉出來的，即使一次大考就會換一次座位，也好歹有個相對固定的歸屬。然而大學的教室時常更動，我們在好幾條走廊，甚至好幾棟大樓之間來回穿梭，下了課不知道該走向哪裡才是歸屬，最終往門口魚貫而出，在教室以外的地方再次集結成小小的群體。

我發散出的腳步略微遲疑，回過神來，大家都已經捍衛起自己的領土，一個個小圈圈壁壘分明，我總是不得其門而入。

練了幾次舞步之後，爲了練習整體畫面，移動到較空曠的戶外空間——鳳凰大道。顧名思義，寬闊的草地兩側是整片鳳凰木，來來往往的學生在天氣晴朗時，會到這裡尋覓一塊草皮坐下，曬太陽、野餐或是休息。

但是今天若琳不在，我可沒有餘力享受青春和愜意。

練習安排在星期日的下午，許多人週末回了家，還在返回學校的路上。系上同學像一盤散沙各自聚集成團，一邊說著「太多人不在也練不起來」，一邊嬉笑地走到樹蔭下。

我蜷縮在鳳凰木下，挨著四個系上的女同學圍坐成的圈。在旁人眼裡看起來就像是一起的，只有身在其中的我才知道彼此之間橫跨著多遠的距離。

她們相互對彼此拋出話題，卻從來沒有人轉過來對著我說話。我坐在一旁尷尬地端著笑容，深深感受到自己的格格不入，但還是適時附和幾句，裝作自己不是一個人。

歡快的笑聲不絕於耳，強烈的孤獨霎時湧上。鳳凰大道寬廣的可以讓四個系所同時練習啦啦比賽，我卻找不到一個容身之處。

手機猛地震動，將我從裂縫中拉起，打開螢幕，發現是羅瑀暄傳來的訊息。

「妳要過來嗎？」

沒頭沒尾的一句話，我愣了下，才發現隔壁奮力練習的系所是法律系。

她坐在大道對面的樹蔭下，相隔那麼遠的距離，卻一眼就能看出我的窘迫。

她對上我的眼睛，揚起一抹笑容，朝我揮了揮手。

我抓起包包，顧不得旁人的眼光，逕直跑過練習的人群，窩到她身邊。

「妳不用練習啊？」我深吸一口，肺裡凝滯的空氣終於重新開始流動。

「我們已經練得差不多啦，其實可以走了。現在是想練的人在自主練習而已。我想等妳練習完再一起走，又看不出來你們系到底練完了沒。」她伸手撥開我身後的落葉。

「後來就看到妳坐在樹蔭下。」

我終於發自內心輕鬆地笑了出來。

「其實我們都沒在練習耶……太多人不在，大家都各玩各的。」

「那要回宿舍了嗎？」

「我想再坐一下。」

一陣微風吹過，頭頂的枝葉沙沙作響，是依舊炎熱的末夏中偶然一絲沁涼，眾人紛紛停下動作享受難得的清風徐徐，唯獨我，莫名的暖意將我從頭到腳淹滿。

她點點頭，沒有追問。

「等下要不要去吃豆花？」

陰霾一掃而空，我瞇眼看向頭頂交錯的枝葉，在細碎的陽光裡感到無比暢快。

「好哇！學校後門那家三點就會開了。」她接起我的話，再拋出新的，「妳看這個心理測驗，我覺得很準耶！妳也來測一下，我傳連結給妳。」

肩並著肩，立刻感覺建立起一座島，彷彿全世界都被隔絕在海線之外。我毫不猶豫的對遼闊的大海鬆手，心甘情願擠在只夠我們緊挨著的島上。安心自在，方才的煩擾隨著潮汐慢慢沖刷至很遠的地方。

載浮載沉的世界之大，我終於找到屬於自己的容身之處，是和羅瑀暄建立起的這座小島。

除了啦啦比賽，在校慶時施放的煙火大會也是學校歷史悠久的傳統，大家總是戲稱那是上繳的學費在空中燃燒，所以非看不可。

「妳們有聽過校慶煙火的傳說嗎？」若琳晃著手機，上頭顯示著討論煙火大會的文章。只要接近校慶，校版就會被與煙火相關的話題塞滿。

「說是只要跟喜歡的人一起看，就會獲得幸福。」

「好籠統的傳說，聽起來很不可信。」羅瑀暄不置可否，但講到玩樂她舉雙手贊成，「不過我想跟妳們一起看煙火。」

「我們一群女的一起看煙火也太沒勁了吧！」若琳得寸進尺地大嘆氣，「還是要跟喜歡的人一起看，才更浪漫青春啊！」

「妳們也想得太早了吧？」可馨風急火燎地翻著六法全書，頭都沒抬，「不是應該先考完期中考嗎？」

「我們只要交影視作業，其他考試都還好。」若琳和我異口同聲地說。無視可馨的白眼，哈哈大笑地爲彼此的默契擊了個掌。

「我無所謂。」羅瑀暄聳了聳肩，「又不是考不好就會世界毀滅，考得好也不會獲得什麼。人生這麼長，將來回頭看就會發現這點煩惱根本連屁都不是。」

可馨索性戴上耳機聽起線上課程，若琳則已經翻起校版上歷年煙火的文章，興奮地向我們展示過去的照片。

只有我愣愣咀嚼著羅瑀暄的後半句話，看著她的臉上閃過一絲落寞。

「我想去耶，四個人一起。」我忍不住脫口而出。

「之後升上二年級，或許我們就不會像現在這樣聚在一起了啊……」

忽然間，大家的目光都集中到我身上，連可馨都拔下了耳機。

「大二又沒有保證住宿，能不能抽到宿舍都很難說，何況是住在一起。我們可以聚在一起的時光，不就只有這一年嗎？」

她們還是盯著我看，看得太久了，我忍不住扭動了一下身子。

「幹麼啦？」

「溫溫平常看起來最冷靜，逛街想勾個手都嫌我黏人，沒想到妳這麼感性。」若琳這女人居然給我偷抱怨，都不知道是褒還是貶。

「那就去吧。」可馨聳聳肩，眼睛還是盯著六法全書，但沒有再次戴上耳機。

☀

最後我的願望還是沒有實現，因爲可馨先交了男朋友。

她在寢室宣布這個消息的時候，順便表示想和男朋友一起看煙火，高冷的臉上浮現難能可見的紅暈。

我們當然是拿抱枕圍毆她一頓，卻也不忍破壞她幸福洋溢的模樣。

啦啦比賽圓滿落幕之後，草地上大家簇擁著拍照，相同的顏色被打散後各自聚攏，穿著各色啦啦隊服的人影紛雜，像是要把最鮮明的色彩塗抹在青春的白卷上。

我在去找羅瑀暄的路上被幾個人攔住，不甚熟悉的高中朋友們和多數人一樣，殷切的想爲青春留下紀念。我看著鏡頭有些尷尬的微笑，這樣的紀念只是一種象徵，最後只會留下幾張很少翻動的合照，占據手機的記憶體。

若琳被攔下的次數比我更多，幾個女孩圍著她興奮地笑鬧，「等等和我們一起看煙火吧！」

還來不及出聲回應，若琳立刻被拉走，她的聲音被簇擁著慢慢帶到很遠的地方。

羅瑪暄正好目睹了這一幕，輕笑著慢悠悠地走來，「結果只剩我們兩個了。」

「是啊！明明說好一起看煙火的。」我故作輕鬆地開口。

我們一起走向田徑場，那裡是觀賞的最佳位置。

展露青春模樣的短裙，鮮活的汗水和臉上閃動的亮片，我偷偷看著那樣的她，忽然覺得只和她一起看煙火也不錯。

最後若琳很有義氣地拒絕他人的邀約，趕在煙火施放前找到並肩坐在矮牆上的我們。她邊哇哇叫，抱怨我們都不接電話，邊坐到羅瑪暄的另一側。

明明應該是更貼近我心中願望的畫面，心底卻莫名升起那麼一點小小的失望。

眾人的驚嘆聲劃破天際，絢爛的煙火升空，璀璨的光芒擴散至整片夜空。各色火花參雜著點點銀光，流光溢彩，像是某顆星星在漆黑的夜空中突然爆炸，誕生出更多星光。

「妳看可馨那個叛徒。」羅瑪暄在我耳邊低聲說道。順著她指的方向看過去，可馨和一個男生坐在不遠處的矮牆上。

他們肩並著肩，雙手交疊，抬頭看著燦爛的夜空，好像這就是全世界。

「校慶時和喜歡的人一起看煙火，就會獲得幸福。」

若琳講著傳說的聲音忽然歷歷在耳。

雖然不像可馨和男朋友那樣，但坐在我身邊的，是可以在夜空下擁抱著哭泣、在黑暗中並肩等待日出、在末夏的夜色裡一起看煙火的朋友，也是我心中無可取代的存在。

我抬起頭，也想在絢爛之中，看見幸福的模樣。

花火一簇簇綻放，跳躍的光灑落遍地，羅瑀暄靠上我的肩膀。

「校慶快樂？」

「超爛。」

我還是笑了出聲，她也被情緒感染，笑得樂不可支，震動和著心跳從靠在一起的地方傳遞過來，一路抵達心臟。

「校慶快樂！瑀暄跟溫溫都要快樂。」

感覺肩膀又沉了沉，若琳的聲音從羅瑀暄身後悠悠飄來。

我幾乎忘了還有若琳。

最後一絲餘光消失在夜空中，方才的快樂似乎被稍稍撫平，有股說不上來的感覺在胸口聚攏。

散場的人潮眾多，我們悠閒地走在人群中，載浮載沉，也不急著抵達目的地。

「小若！」

「啊！在這邊！」若琳興奮地朝著遠方揮手，三個女孩勾著手走來，看上去都是系上的同學。

若琳迎上前，也勾起她們的手。羅瑪暄則退後幾步，留出空間給我們，她的身影很快就被下一波人潮淹沒。

幾個女孩七嘴八舌地討論著要不要去夜唱，剛剛已經和系上幾個男生說好了，願意載她們過去。

「珞予要一起去嗎？」那女孩微笑著探過頭，禮貌性地問了站在若琳身後的我，看上去是個八面玲瓏的人。虧她還記得我的名字。

「沒關係，妳們去吧！」我也回以一個禮貌的微笑，朝著羅瑪暄離開的方向走去，「還有人在等我。」

推開人群，就看見羅瑪暄坐在一旁的矮牆上，晃著兩條纖細的腿發呆。我遠遠的才要走過去，就注意到她的眼睛亮了起來。

「妳怎麼回來了？」

「若琳跟她們要去市區玩，我跟她們說我不去。」

「妳不一起去嗎？」她試探似地再問了一遍。

「可馨跟著男朋友，應該不會這麼早回宿舍，我怕羅暄暄一個人在宿舍太寂寞會哭。」

「我才不像妳呢！妳才孤僻又怕寂寞。」她嘴上損我，看上去倒是十分開心。

「走這裡吧！」她拉起我的手腕，在一棵枝葉茂密的大樹後轉了彎，眼前又是交叉路口。

我向來不喜歡改變，喜歡守在安全範圍，卻任由她帶領我走進樹林深處。

「這是我發現的祕密通道，不管是白天還是晚上都很少人，很適合散步。」

「天氣好的時候還能看見銀河喔！」殷切地抬起頭，她滿心滿眼尋找心裡描繪的景致，而我看著她的側臉。

「雖然田徑場也看得到啦，但妳不覺得這裡更棒嗎？像是擁有了祕密基地。」

微風吹拂過我的臉頰，儘管不如煙火的璀璨讓人澎湃，然而在靜謐的星空下閒適散步，內心也隱隱被觸動。

「溫珞妳看！」

遠方的天空再次亮起，羅瑀暄興奮地回頭，煙火在她肩頭跳躍，模糊了她的輪廓。

「好像是加碼的煙火耶！我們太幸運了。」

一束束金黃的光像朵花在天空中盛開，火光映在她的眼裡，一點一點閃爍。

好多事情同時迸發——煙火、快樂和忐忑。

和羅瑀暄一起看煙火的喜悅波濤洶湧，在浪的尖端翻攪成不安，希望這特別的時刻無限延長，又不想要夜空燦爛的太久，這樣她就會看得太清楚我努力壓抑的上揚嘴角。

然而讓我措手不及的，是手臂被抓住拉向她的力道，我幾乎忘了呼吸，直到撞上羅瑀暄的那一刻。

她雙手繞過我的肩頭，呼吸埋入頸部，而我心似煙火，「咻」一聲竄至高空，絢爛盛放。

「接下來也請多指教囉！」她鬆開手朝我一笑，火光映著她的臉頰微微發亮。

我們繼續往前走，羅瑀暄輕輕慢慢地哼起了歌，微微領先我半個身子。

我是被你囚禁的鳥
已經忘了天有多高
如果離開你給我的小小城堡
不知還有誰能依靠

羅瑀暄的聲音乾淨而純粹，像森林裡一彎淙淙的流水，直直淌進我的心中。

那是我們第一次夜唱時她點的歌，沒了磅礡的伴奏，少了直擊心臟的感覺，取而代之的是溫柔的侵略，輕柔的、緩慢的，一點一滴走進。

盲目跟從才是最危險的，生活中的可見乃至自己好像都會漸漸失去掌握。我深知這一點，但我仍無法自拔的想跟著羅瑀暄。恍惚間好像又回到夜半宿舍的昏暗走廊，只有盡頭那點微弱的光，卻甘願一直走下去。

小徑不算狹窄，但我們還是靠得很近，雙手若有似無地交會。最後，羅瑀暄悄無聲息地從指間的縫隙鑽入，十指打開又闔上。

「晚上還是滿熱的耶，我總覺得這裡的夏天特別長，剛來的時候好不適應。」我盯著她的手，語帶輕鬆的胡亂拋出話題，交握之處慢慢滲出一片濡溼。

我努力裝作若無其事，輕輕在她手裡掙扎了一下，想抽出潮溼的掌心。

「我也是。」她的聲音隨風飄蕩，將手扣合得更緊，「但會慢慢習慣的吧。」

她依舊略爲領先我半個身子，我看不清她的表情。遠方又一朵煙花升空，火光映在她的側臉、後頸和耳根，全都染上一片火紅。

直到走到小徑的盡頭，她才鬆開手。

除了這條祕密基地，神隱在煙火下的時光，好像也變成我們心照不宣的祕密。

Chapter 03 深夜

交了男朋友之後，可馨會在晚上拉著我到球場看她男朋友打籃球。一開始我不怎麼情願，寧可待在宿舍吹冷氣，反倒是羅瑀暄聽了舉手贊成。

「妳可以買飲料來給我喝。」她補上一句，露出欠揍的笑臉。

若琳則一個勁地抱怨我們偏心，都不會到排球場看她。

籃球場上的氣氛過於炙熱，似乎連帶著溫度一起上升。籃球拋來拋去，熱情的吆喝聲和鮮活的汗水充斥在夜空中。

「沒想到羅瑀暄也會參加系籃。」

我們坐在場邊喝著手搖飲，可馨帶了台手持的小電風扇放在臉下直吹，表示無法理解揮汗如雨的戶外運動，邊說著她高中體育課也是躲在樹蔭下乘涼的一員。

「不過還滿適合她的啊！」我咬著吸管，看著羅瑀暄唰的又投進一球。

打籃球的女生普遍偏高，羅瑀暄略顯嬌小的身影敏捷地穿梭其中，很容易被擋在他人身後，但我總能在人群中一眼就找到她，視線緊隨她奔跑時飛揚的馬尾。

她每投進一球，就會轉過來朝我笑一下，像是在邀功。

喜歡看她在球場的聚光燈下奔馳，當她做喜歡的事情時，就不再被黑暗籠罩。脫離那片喧囂的雨，舉手投足之間揮灑出大片自信，那時候的她就像太陽，令我移不開目光。

中場休息，可馨的男朋友走了過來，向我打聲招呼，接過可馨手上的礦泉水仰頭喝著。

可馨男朋友和她一樣是法律系，帶著細金邊的圓框眼鏡，看上去很正派，但我還是下意識往旁邊挪動。

「幹麼？」可馨忙著遞上毛巾，還是能注意到我的異樣，不解地看著我扭來扭去。

「留點空間給你們小倆口。」我隨口搪塞，假裝忙著看球場。

羅瑀暄站在場邊仰頭和一個男生說話，接著她的視線對上我的，揮手朝我們的方向跑來。

「觀音拿鐵！妳怎麼知道我想喝這個？」

「妳不是每次都只點這個嗎？」我說的無可奈何，看著羅瑀暄閃閃發亮的眼神有些飄然。

不經意地抬頭，就看到那個男生還站在原處，視線往這裡投射、來回打量，之後便停在我們三個身上，直勾勾的眼神看得我有些不自在。

「你們很熟嗎？」我終於忍不住詢問，羅瑀暄順著我示意的方向看去，那男生已經移開視線。

「喔，他是我們系的高睦恩，也有打系籃，是我……」球場人聲嘈雜，她貼在我的耳際說話，氣息撲到我的脖子上。她過高的體溫貼近，我感覺到燥熱爬上耳根，有一瞬間無法動彈。

羅瑪暄的隊友在遠處叫她，「等一下再說吧，我先過去囉！」

我下意識跟著她起身，想要聽清她未完的後半句話，但她的馬尾從我伸出的指間溜走。她將飲料塞進我手裡，拋過一個燦爛的笑容，很快地跑開。

我看著羅瑪暄走過他身邊的時候伸手和他擊了個掌，莫名有些不痛快。怎麼羅瑪暄從未向我提及的人物，卻能站在這麼靠近她的地方？

我還以為我和她是最緊密、最無話不談的關係。她系上的幾個朋友，都已經和我說到不用見就像是已經認識她們了一樣，唯獨他。

我搖搖頭甩開猜測他們關係的念頭。

他朝著我們的方向走來，禮貌的微微頷首。當他要越過我離開球場，和一群人高馬大的隊員從我身旁擦肩而過時，幾個人身上的汗蒸出來，毫無保留地撲向我，濃重的溼氣瞬間將我緊緊纏住。

身體本能地做出反應，胃裡一陣翻攪，眼前一片花白，我差點就腳軟蹲坐下來。

「妳怎麼了？」可馨看著我慘白的臉色，連忙過來伸手攙扶了我一把。

「沒什麼，可能就是沒有很喜歡那種類型的人吧！」我咕噥著，將另一個原因嚴嚴實實地藏進心裡。

若要說獨來獨往對大學生活產生的不便，大概就是分組報告。

偏偏社會學與傳播的教授喜歡親自分組，而且每次必定是完全不同的組合，說要藉著不同的人際互動探討微觀的社會狀態。

教室裡的學生被打散又重組，若琳的名字沒有和我並列，立刻感到滿滿的挫敗，好像回到在鳳凰大道練習啦啦的光景，但這次沒有羅瑪暄，不知道要躲到哪棵樹下。

「哈囉！溫珞予，第一次跟妳同組耶！」還沒來得及看清分組名單，同組的男生已經不由分說的將我從座位上拉起來。接著，大手往我肩膀一攬，「我是組長林佑全，我們的組別在那裡，以後就多多指教囉！」

他的動作看似大剌剌，卻巧妙地往下移了幾公分，厚實的手掌緊密貼合在我袖子下方裸露出的肌膚，接著不動聲色的加重力道，輕輕捏了我的上臂一把。黑暗頓時襲來，從他觸碰的地方迅速蔓延——凌亂的床、迫切而粗魯的動作、重重吐在我頸邊的氣息。他掌心的濡溼將我緊緊纏住，無法呼吸，我無可抑制的顫抖。

在意識到之前，我已經用力推開了他。

意料之外的力道讓他來不及反應，撞歪一旁的桌椅。突如其來的巨大聲響，教室裡的所有人瞬間往這裡看過來。

「怎麼了？」若琳發現了我的不對勁，連忙跑到我身邊，「溫溫？」

「沒事。他突然搭我的肩膀，害我嚇了一跳而已。」

剛才被碰觸的感受還鮮明不已，雙手仍些微的顫抖，但我不想讓若琳擔心，於是壓低聲音，「我只是有一點恐男。」

「我記得妳說過高中交過男朋友的啊……」若琳眉頭緊皺，表情忽然轉爲忿忿，「是他對妳不好嗎？」

「不是啦！」我想都沒想就爲他辯駁。他眞的是個很好的人，對我的害怕與抗拒非常尊重，也從來不曾強迫我。即使我們已經分手，我也不希望我的陰影害得他平白無故遭人誤解。

「他對我很好。是更早之前有一點陰影，我不喜歡別人隨便碰我。」

若琳點點頭，看了看我的表情便貼心的不再追問。

「不然我去跟教授說，讓妳換過來我們組，我們剛好都是女生。」

她像陣風似地颺到教室前端，臨走前還瞪了林佑全一眼。

我還愣坐在原位，林佑全扶好桌椅，自討沒趣地走回自己的組別，不再過來招惹。四周的目光在我身上來回鑽刺，我努力想忽視周遭的竊竊私語，但那些刺探的眼神還是揮之不去。

若琳站在講台和教授爭論，急促的語調反而撫平我的心跳，半晌才注意到兩個女孩尷尬地站在一旁。

「抱歉，我們只是想來關心，不小心聽到妳們的談話內容。」是校慶時禮貌邀約我的那個女生。她身後還站著一位留著妹妹頭的嬌小女孩，清秀可愛，圓圓的雙眼、眼尾向下，看上去十分無辜。

「妳……還好嗎？」

「沒關係，我沒事。」

她眉宇間還有幾分擔憂，看起來眞心實意的爲我擔心。

一旁的嬌小女孩則揚起一抹奇怪的笑容，我假裝沒看見，不願猜想那抹微笑背後的涵義，心臟卻撲通撲通地跳得飛快。

朝若琳的組員看去，清一色全是女生，平時系上幾個影響力極大的人物幾乎都在這組。我本就不善於交際，尤其是這種呼風喚雨的閃亮亮核心團體，不過還是比跟那個毛手毛腳、模樣輕浮的男生同組要好多了。

若琳從講台走了過來，勾著我的手走向組員。

新組員很好，溫和有禮，討論時會採納每個人的意見。她們總是堆滿笑容，表情卻充滿戒心。或許我眞的很難跟他人打好關係吧……

小組會議一如往常的讓人喘不過氣，也許無法融入的自始至終都只有自己。我看著若琳應對自如，而我只能以「去廁所」爲藉口，才能稍作喘息。

我將雙手埋入掌心，疲憊抑制不住滿溢而出，突然很希望羅瑀暄此刻出現在眼前，拉著我回到宿舍，躲回只屬於我們的熟悉角落。

「那個溫珞予啊……」

突然聽見我的名字，讓我停下了原本要扭開門把的動作。

女生廁所，所有祕密、八卦和壞話都匯聚在這裡。女孩們伺機而動，維繫著表面和平的笑容之下是深不見底的冰山，暗潮洶湧，就等著誰率先鑿開冰面。

「不覺得她很假嗎？」是那個嬌小女孩的聲音。幾乎可以想像她眨著圓圓的大眼由下往上看，噘起嘴唇的無辜模樣。那張清純如白花的面容下，說出來的話倒是無比狠毒。

我沒來由地想起她臉上那抹怪異的微笑，在高中女孩堆裡的勾心鬥角中無比熟悉，那是見獵心喜的表情。

「她上次不是在教室鬧得一團亂嗎？搞得林佑全多尷尬啊！之後又跟若琳說什麼她恐男。」

「但是我後來有聽到，她說她高中時還交過男朋友耶！」

「若琳就問是不是前男友對她不好，她馬上就急著幫他說話，還說是以前就留下的陰影。」八面玲瓏的女生接話，那個看起來眞心實意爲我擔心的女孩，此刻說出的話卻讓人全身發冷。

「很奇怪耶！早就恐男的話，爲什麼還跟男生交往？」

洗手台此起彼落的流水聲，蓋不住女孩們蠢蠢欲動的心思。

「所以我說她很假啊！根本是恐噁男吧？」嬌小女孩不動聲色，微微一揚手，掌舵的人便駛向她期望的方向。

夾雜著附和，女孩們笑成一團，「大概長相不是她的菜吧！人帥眞好，人醜性騷擾。」

「其實她是想引起男生的注意吧？」聽不出是誰的另一個人高聲下了結論，再次引來一陣竊笑。

「就算眞的恐男，妳們不覺得她反應太大了嗎？超級做作的。」

「平時對人愛理不理，一副自命清高的樣子，一遇到男生就裝恐慌想吸引他們注意，看了超倒胃口。」

「我懂我懂，一邊故弄玄虛，一邊裝柔弱，散發出『快來保護我』的氣息。」

「不就是因爲跟男生分到一組她才這麼矯情的嗎？不然平常根本沒聽她說過幾句話。」

她們越說越起勁，一個勁的穿鑿附會，滿溢的惡意僅僅是因爲有趣。

女生廁所像是匯集了所有女孩心機的暗流。高中時，我從不主動呼朋引伴去廁所，總想著不參與就不會成爲他人談論的對象，不曾想身陷其中是如此無力。笑容和惡意並存的世界，我猝不及防就被提到半空中，雙腳下是一片深淵，搖晃掙扎著，怎麼樣都踩不到地。

我在投射來的視線中無法動彈，任由所有人圍觀檢視，人們偶爾自以爲是地丟下一句不負責任的評語，嘲諷嬉笑，每一刀都精準砍進纖維裡，繩索搖搖欲墜，隨時都會斷裂，但沒有人需要爲此負責。

「背地裡講別人壞話，表面上又裝作跟她很好才更做作吧。」意料之外的冷冽語調伴隨著用力打開門的碰撞聲，門外的女孩們瞬間沒了聲音，空氣頓時陷入一陣躁動不安的沉默，大家面面相覷，都在等著誰先發話。

「知道了啦！我們如穎討厭說別人壞話，不說就是了。」嬌小女孩語氣旖旎，瞬間就換了副讓人酥麻的撒嬌口吻，其餘的人也識趣的不再開口。

水聲一個個停下，聽著她們的腳步聲逐漸遠去，我才鬆了口氣，無聲地推開門。一開門就看見魏如穎，她還沒走，站在洗手台前，水龍頭開得嘩啦啦地流，她透過鏡子對上我的眼睛，先是訝異，而後目光變得柔和。

「她們沒事就愛講別人壞話，妳別在意。」她躊躇了下，努力擠出最大的安慰，「她們不了解妳。」

我只有餘力看著鏡子說了聲謝謝。

走出廁所，花白的陽光刺得我睜不開眼。我清楚自己的格格不入，但有些事情不攤開明明可以裝作相安無事。

沒有辦法再回到教室，我傳了訊息給若琳，說身體不舒服要先回宿舍，請她幫我把包包拿回來。按下送出之後沒有想像中的輕鬆，這下大概會被討厭的更徹底。

原來討厭一個人可以毫無理由，或者，討厭一個人什麼都可以是理由，她們就是看不順眼我的一舉一動。

不記得是怎麼回到宿舍的，無力地打開房門，羅瑪暄戴著眼鏡在翻看民法總則。浴室的門打開又關上，她抬頭看了看換上居家服的我，「若琳呢？妳們不是說今天要開會嗎？」

見我默不作聲，她摘下眼鏡，揉了揉酸澀的眼皮，「怎麼了？」

「妳會覺得我恐男很奇怪嗎？」我走到書桌旁，背對著她，沒頭沒腦地拋出一句。

「爲什麼會覺得很奇怪？」

「因爲……我高中還交了男朋友。」

「有誰跟妳說了什麼嗎？」

她伸手把我拉到巧拼上，坐到我身邊，一眼就看破我極力隱藏的沮喪。

我想起嬌小女生的笑聲，就怎麼也開不了口。恐慌在心底蔓延，瞬間將我緊緊纏住。

要是她也覺得我很奇怪怎麼辦？

「妳一定有妳的理由，我不會因爲這幾句話就斷定妳的爲人。」她覆上我的手，眼裡的堅定不容忽視。

「我知道妳是什麼樣的人，只要妳願意跟我說，我一定都能理解。」

暖意從相碰的地方聚攏，她眞誠的、毫無理由的信任，讓我眼眶微微發燙。

我從未向人描述我的夢境，不願意記的太細微。

身體會本能地做出反應。異性的觸碰像是火燒，深植在記憶裡的傷痕才是最緩慢的凌遲，我困在永無止盡的煎熬中被肆意翻面。

忘掉比較輕鬆，還是那的確是一場夢呢？

我想著，忽然通透起來，就當作是這樣吧。

把那時的雨、所有的不堪、黑暗和疼痛都當作一場噩夢，不曾發生，就不會感到痛苦。

親手埋葬了記憶，不曾掀開檢視傷口是否好全，只要蓋上就是仁至義盡。

我也不是一開始就恐男，高中時甚至還有個交往一年多的男朋友。只是有很長、很長的一段時間，我都假裝那件事是一場夢。

覆上夢境的蓋子後，我像正常人一樣度過了平靜的校園生活。

彷彿是青春必經的過程，我自然而然和某個男孩走向更靠近彼此的距離。紅著臉和朋友們談論戀愛話題、在走廊上和他擦肩而過時笑得羞澀、接受朋友們熱切追問的眼神。

那時的日子像樹枝上的青蘋果染上紅色漸層，青澀卻美好。

他是個很好的人，對我不知名的恐懼體貼入微，即使我告訴他，要擁抱一百次以後才能親臉頰，他也從不過問，只在每次的擁抱中將我摟得更緊。

正當我眞的以爲自己可以變得正常，夢就被打碎了——媽媽撞見在路燈下牽著手、相擁著道別的我們。

我有些忐忑，但他牽緊我的手，緊張地說了聲阿姨好，而她報以微笑，淡淡掃過我們交疊的手。

我還天眞的以爲一切都在變好。

那些埋藏在記憶深處的黑暗，我不去面對也沒關係。

關上大門之後，她臉上的笑容瞬間垮下，揚手就甩了我一巴掌。

「妳現在才高中，就在外面跟男生亂搞？」

對上她淩厲眼神的瞬間，我以爲我會全軍覆沒。

她瞪著我，充滿責難的眼神我無比熟悉，在那瞬間我突然明白，她是在看著九歲的我。

然後，我也透過她的眼睛看到了九歲的自己，才知道這是一場永遠無法醒過來的噩夢。

即使我已經逃到這裡，幾百公里遠的距離，黑暗依舊會橫跨整個島嶼，糾纏著我在宿舍裡的每一個夢境。

☀

後來誰也沒有提及我那天的缺席，日子依然裝作相安無事。

我努力忽視她們的閒言碎語，卻總覺得她們依然背著我竊竊私語，在另一間廁所裡告訴更多人。

只要有人在我背後小聲說話，我都會不自覺地回頭，想確認他們口中談論的對象不是我。

吃午餐的時候我又感覺到有股視線。

位於法學院旁共同大樓裡的學餐，是全校公認最好吃的，用餐時間總是擠滿了人潮。

我放下筷子想找尋視線來源，抬頭就撞上好多雙眼睛，的確有幾個人往這個方向看，但目光鎖定著遠方，不久便轉向別處，端著餐盤的模樣像是在找位置。

若琳夾走我盤子裡的炸豬排，見我沒有反應，還先把食物塞進嘴裡才關心地問，「怎麼了？」

「沒事，大概是我太敏感了。」

我低頭繼續專心吃飯，卻沒來由的心神不寧。那股視線彷彿還刺在我的背上。

下午若琳和我選修了不同的通識課，獨自一人移動到教室的時候，那熟悉的視線又出現了。

走廊上人聲鼎沸，紛紛與我擦肩而過，像擁擠的魚群。明明到處擠滿了移動的人潮，我還是能清楚感覺到那股視線，好像不管走到哪裡，都被直直盯著。

但我回頭只會撞上滿懷的人群，好幾人被我擋住去路，不耐煩的嘖了聲。

匆匆彎過轉角，走進另一條較為安靜的走廊，那視線彷彿隨著遠離人群而消弭。懸著的心才剛放下，便注意到身後傳來規律的腳步聲，似乎有個人和我朝著同樣的方向前進。我一向不喜歡有人走在後面的感覺，放慢速度想讓他越過我，但是等了一陣子，腳步聲還是跟在我身後，維持著一定距離。

我狐疑地轉過頭，只捕捉到一道踏進教室的身影。

只是要進教室的人。

我鬆了口氣，果然是自己太敏感了，也許是最近壓力太大的關係，才會把任何人的接近都當成惡意。

晚上洗過澡後，我點燃羅瑪暄送我的香氛蠟燭，橙花和小蒼蘭的氣味很快便飄散在空氣中，舒緩緊繃的神經。

突如其來的震動擾亂了這池安定，我不解地拿起手機，試圖在腦海中搜尋這麼晚還會傳訊息的對象。手指的動作比思緒更快，在想到可能的人選之前就點開了聊天室。

一個名稱顯示著「不明」也沒有頭像的帳號傳了張照片給我。

照片是透過教室的門往外拍攝的，畫面上有一半都是教室的門框和柱子，另外一半則有個人影。

我反覆看了好幾次，感覺到血液從緊握的指尖開始變得冰冷。

那是我，在走廊上回過頭向後查看的我。

我嚇得鬆手，手機撞上桌子的邊緣，翻滾一圈摔落至地面，還差點推倒蠟燭。

正在敷面膜的羅瑪暄轉過來看我。

「怎麼了？」若琳離我最近，撿起地上的手機打算走近，卻在看到畫面後皺起眉頭停在原地。

「這是什麼？是偷拍嗎？」她馬上從構圖發現不對勁。

羅瑪暄立刻撕掉面膜，可馨也圍了過來，大家皺著眉傳閱我的手機。

「我今天在社科院走廊一直覺得好像有人跟在我後面，可是回頭又沒人。」我訥訥開口，感覺聲音離身體好遠。

「我回頭有看到一個人進教室，以為只是剛好跟我走同一個方向的人，然後就有人傳這張照片給我。」

「這是社科院的走廊沒錯。」若琳指著走廊柱子間的白色欄杆，她瞪大眼睛，說出我一直極力避免自己去想的、最糟糕的結論，「他不只偷拍妳還跟蹤妳嗎？」

「跟蹤騷擾防制法已經通過了，觀察、跟蹤或尾隨特定人行蹤，甚至是寄送影像，也完全構成違法要件，可以報案的。」可馨冷靜地念出一長串法律條文。

「總之先留下證據。」羅瑪暄拿過我的手機，正要按下截圖對方就先一步收回訊息。

「啊！」她們三人齊聲驚呼，螢幕瞬間只剩下一片空白的聊天室畫面。

「一定是故意要讓妳害怕的。」可馨精闢地下了結論，「妳有想到什麼可疑的人嗎？」

我想起廁所裡說壞話為樂的女子團體，又覺得這不像是她們會做出來的事，更像是另一種熟悉的惡意。我下意識搖了搖頭。

「妳這陣子暫時不要單獨行動。」羅瑀暄握住我的手想讓我安心，自己反而微微顫抖。

接下來的日子，若琳很稱職的與我形影不離。選修不同通識課的時候，她都會先送我到教室，再匆匆趕去上課，下課後也會回到教室接我，一起走回宿舍。生活基本上只剩在宿舍和教學大樓之間來回。

即使如此，就連待在寢室羅瑀暄也不太放心，只要她去練球，便會帶著我一起，把我安頓在她視線可及之處。

今晚可馨不在，羅瑀暄上場打球的時候，我心神不寧地站起身，在場邊來回踱步，只要有任何風吹草動，就能隨時跑到離她最近的地方。

球場旁的聚光燈，像匯集周遭所有的視線一併投射到我身上，我站在強烈的光芒底下發暈，感覺自己快被盯著看的眼神融化。儘管大家的注意力其實都追著球跑，我仍無可抑制的害怕。

不管他的目的為何，他確實對我產生了極大的影響，不管走到哪，都有著擺脫不掉的視線如影隨形。

「小心。」

陰影忽然籠罩，衝來的人一掌拍掉朝我飛來的籃球，我抬頭一看，發現是和羅瑀暄一起打系籃的男同學。

「妳沒事吧？」

脈搏在耳邊鼓動，他的視線讓我很不舒服。

他伸手想扶我，我連忙側身躲開，他的手懸在半空中，進退不得看起來十分尷尬，最後他轉了方向，拍起滾落到地板上的球。

羅瑪暄急急忙忙往我的方向跑來，擦身而過之際急切的和他說了些什麼，他聳了聳肩，然後拿走羅瑪暄手上喝過的礦泉水。

唇齒與瓶口相碰，在這一刻，我覺得自己受夠了。

我旋身走向離我最近的出口，羅瑪暄剛好被一群路過的球員擋住，我假裝沒聽到自人牆的縫隙竄出她喊我名字的聲音。

踏出球場前，我還是忍不住回頭，一轉身就看見那個系籃男，他意味深長的眼神，彷彿能將人看穿。心臟不規整的跳動，在耳邊和太陽穴同時鼓譟，我努力壓下顫抖，倉皇逃離球場。

漫無目的走了很久，感官逐漸回復正常，耳邊聽不見人群的吆喝，才發現已經走到離球場很遠的地方。

手機有好幾通未接來電，都是羅瑪暄打來的。我點開聊天室傳了則訊息，要她別擔心。正打算走回宿舍，身後又再度傳來熟悉的腳步聲。

我用極快的速度轉過頭，依舊沒有半個人，但餘光很快注意到地面，被路燈拉長的影子還來不及藏，倉皇的晃動，慢半拍才閃進一旁榕樹的陰影中。

恐懼從腳底竄升，瞬間淹沒了我。

眞的有人跟在我身後。

現在是晚上十一點，回宿舍的路空空蕩蕩，整條大道上只剩下我一個人，路燈也因爲要節約用電而熄滅了一半。

滿盈的惡意膨脹開來，我根本不敢走過去和他對質，大腦停止轉動。等意識到的時候，我已經在幽暗的路徑上拔腿狂奔。

腳步聲跟著加快，我拚命吸著空氣，感覺自己正被黑暗吞噬。

依循本能，我撥開樹叢竄進小徑，企圖在拐彎時甩掉身後的人影。

腳下的道路十分狹窄，踩過草叢會發出嘈雜的聲響，反而更加清晰地提醒著他正逐漸靠近。

還來不及思考，提起的腳便狠狠踢上裸露的樹根，黑暗在我撲到地上的瞬間蔓延開來，腦袋在耳鳴來襲之後一片空白。

影子已經來到我身後，冷汗浸溼了我的後腦勺。我在視線的壓迫下無法動彈，感覺心臟在離身體很遠的地方逐漸衰弱。

「溫珞予！」

接下來的場景一片混亂，她們三人的聲音輪流迴響在耳際。

若琳顫抖著聲音報了警，可馨高舉手機喊著她已經錄影存證。系籃男同學還穿著球衣，氣喘吁吁的將一個人影壓在身下。就著微弱的燈光，我慢慢認出被壓在地上的人，是分組時在教室被我推開的林佑全。

「溫珞予，妳看我！」大吼的聲音將我一把拉出水面。

熟悉的聲音鑽進耳朵，雙眼逐漸找回焦距。羅瑀暄的臉貼在眼前，憤怒和擔心在她臉上混合成心疼。

心臟掉回胸腔，又開始鮮活地跳動。

「沒事了。」

她輕拍我的背，從後頸撫到背脊，來來回回不斷重複，每次把手抬起回到上方，她就會再說一次。

「沒事了。」

緊抓著衣角，重複確認自己安全地圈在她的臂彎裡，我終於放聲大哭。

「我只是開個玩笑而已嘛！」林佑全再次開口，滿不在乎地說出已經重複了不下數十次的同一句辯解。從踏進警局到做完筆錄，他甚至都沒有正眼看過我。

可馨翻著我的筆錄逐條檢查，羅瑀暄則雙手抱胸，冷冷盯著還在被警察問話的林佑全。

我蜷縮在警局冰冷的金屬摺疊椅上，即使若琳緊抱著我，還是不住全身顫抖，空氣中瀰漫著一股風雨欲來的窒息。

潮溼又黑暗，我在熟悉的溼黏空氣下漸漸透不過氣。

我很想問他爲什麼這麼做，踩著別人的傷口還能無傷大雅的一笑，彷彿恣意將刀插進海盜桶裡，看著我驚跳的模樣大笑出聲，全然無視我已經傷痕累累。

但我什麼都說不出口，字句卡在喉嚨、積在眼眶，一開口就會潰堤。

「之前在教室的時候也是，反應過度害我超丟臉的，身邊的人都以爲我對她怎樣了。我氣不過才想小小惡整她。」他終於轉過來看我，嘴裡吐出的字句像溼黏的手纏到我身上，「就只是個玩笑，妳不覺得是妳太敏感了嗎？」

碰——

羅瑀暄用力拍在桌子上，氣勢驚人地站了起來，撞翻椅子。

「對你來說只是一個玩笑，你有想過對當事人可能會造成多大的傷害嗎？」

她的身高不到他的肩膀，卻毫不退縮地仰頭對著他繼續怒吼：「你不知道你的玩笑是建立在別人的什麼過去上？不要用這麼不負責任的態度想輕描淡寫的把事情帶過！」

雨終於落下。身旁的深藍色制服來來去去，皮鞋的鞋跟敲在地板上，仍蓋不住眼淚滴落的聲音，路過的員警沒有停下來，但都會轉頭偷瞄一眼。

羅瑀暄還瞪著林佑全，從筆錄桌上抽出兩張衛生紙遞來時，臉上的線條才稍微變得柔和。

她明明什麼都不知道，卻願意爲了我動怒，在別人傷害我時，會比我自己還更生氣。

她嬌小的背影占滿了整個視線，擋在我面前為我說的一字一句，都掉進心底的空洞，將之填滿。芽從洞裡竄了出來，是她給的勇氣。

終於有人願意站在我這邊。

他的手機裡還留有當初發給我的偷拍照，我的無盡恐懼最後換回一張書面告誡，兩年內再犯才可以申請保護令。

我們在警局前暫時分開，可馨和若琳要替我送相關的文件到教務處，羅瑀暄則陪我先回宿舍。

「要不要去洗個臉？」

羅瑀暄一路瞪著那些朝我投射的好奇目光。滿臉淚痕的我應了聲，於是我們在通往宿舍的岔路轉了個彎，走向最近的社科院大樓。

走進廁所前，若琳慌慌張張在群組貼了校版匿名平台的連結，附上幾張系籃男壓制林佑全，還有我跌坐在地上的照片。在我們去做筆錄的時候，整件事已經在網路上傳得荒腔走板。

我聽見她們的聲音，才想起今天是小組討論的日子，這次我還拖著若琳一起消失。

「怎麼每次出什麼事都有她？」又是那個嬌小女孩，她輕輕拋出第一塊磚，似笑非笑，「又是因為男生。」

「我看她是自己先去招惹人家的吧，再反咬一口說他騷擾。」聽不出是誰的聲音，輕蔑的笑聲倒是一模一樣，「不然林佑全幹麼沒事要那樣？」

「一定是她做了什麼害林佑全誤會的啦！」

羅瑀暄站在我身邊不發一語。和親近的人一起赤裸裸地撞破，感覺比獨自承受還要難堪，我下意識拉著羅瑀暄，不想讓她聽見。

握著我的手突然鬆開，羅瑀暄舉著手機衝了進去。

「意圖散布於眾，而指摘或傳述足以毀損他人名譽之事者，為誹謗罪，處一年以下有期徒刑、拘役或一萬五千元以下罰金。」

她冷冷的視線掃過那群人，「我都錄下來了，要是不想跑警局的話，現在就跟溫珞予道歉。」

女孩們面面相覷，方才訕笑的神情隱隱變得躁動不安。

最後，嬌小女孩往前一步，「溫珞予對不起喔，我們只是開個玩笑啦！」她臉上帶笑，眼底卻毫無笑意，冰冷得讓人忍不住瑟縮。

一群女孩跟著不痛不癢地道歉，接著魚貫走出廁所，嬌小女孩臨走前還撞了我的肩膀。

羅瑀暄還站在廁所裡，水龍頭沒有關，冰冷的水流爭先恐後出走。

我上前一步，沒有勇氣搭上她的肩膀，只能輕聲開口：「妳不用做到這種程度的，沒必要為了我跟人交惡。」

「溫珞妳知道嗎？我真的對法律沒什麼興趣，很多時候都讀得很痛苦，但是我現在恨不得我已經從法律系畢業，這樣才有辦法幫上妳的忙，而不是只能拿法條嚇唬別人，實際上根本無能爲力。」

她的嘴唇顫抖，一轉過身，眼淚就順著臉頰流下，弧形的水痕劃開她僞裝的堅強。

繩索鬆開，我看著自己的身體一點一點降下，終於不再那麼如履薄冰。

「做錯事的人又不是妳，爲什麼是妳要承受這些？」

她用盡全力哭泣，擁抱的時候她的重量傾倒在我身上。

立場互換，我輕拍她拱起的後背，感覺自己正在被她的淚水填滿。

「妳想聽我的夢嗎？」

看著爲我擔心、爲我生氣、爲我流下眼淚的她，我親手揭開自己。

「一場永遠不會醒的噩夢。」

也是一場永遠不會停的雨。

Chapter 04 曙光

那是梅雨季裡再尋常不過的一天。

難得媽媽帶著我和哥哥去阿姨家，卻因爲大雨無法到社區的小空地玩。濃重的溼氣附著在皮膚上，客廳裡玩著電動遊戲廝殺的表哥們，浮誇的揮舞肢體更助長了悶熱，於是我躲到客房看電視。

雨聲嘈雜，外頭的喧囂逐漸變得模糊。

我聽見有人走進來的腳步聲，轉過頭，看著哥哥關上門，從身後傳來輕微的喀擦一聲。

「這不是什麼壞事，妳之後就會知道了。」

「妳以後遲早會跟別人做的，我們現在先做也沒關係呀！」

「如果妳覺得不舒服的話，我就停下來。」

「妳不相信我嗎？」

「第一次是跟我的話，至少不會那麼可怕吧？」

循循善誘，那個會在媽媽的藤條前護著我的哥哥，會把冰棒的最後一口留給我的哥哥，總是和我大打出手，卻不容許任何人欺負我的哥哥。

忽地想起，之前和哥哥吵架，他整整一週都不理睬我，覺得好像不應該讓他不高興，儘管我其實聽不懂他在說什麼。

他反手關上燈，一片漆黑助長了窗外猖狂的雨聲。

我本能地後退，發現自己從來都無處可逃。

他壓到我身上的時候，我已經分不清讓人窒息的溼氣，是梅雨帶來的悶熱，還是他吐在我耳邊濡溼而沉重的氣息。

而後是劇烈的疼痛，撕開身體的痛。他伸手摀住我的嘴，我的求救在他掌心積成溫熱的水滴，每一次掙扎著呼吸，都彷彿會將水氣吸到肺裡，煎熬永無止境。

「忍耐一下。」

他和他的話語一起重重落下，我在他身下載浮載沉，覺得自己的身體快要被淹死。

我被撐開，流了血，從裡面被撕碎，液體止不住從裂縫中傾瀉，我分不清那是血、是淚，還是我說不出口的拒絕，抑或三者皆是，一旦溢出就源源不絕。

在他完全進入我的那一刻，緊閉的門終於被打開，不斷乞求的光反而刺得我睜不開眼。他驚慌地起身，媽媽站在門口摀著嘴，我們在不敢置信的目光下無所遁形，九歲的我還沒學會羞恥，就先本能地拉起被單遮蔽赤裸的自己。

那扇門後透出的光，我曾以爲是救贖。

但那個人，即使逆著光，我也能看清她臉上的表情，那是不諒解和責難的眼神。比起進入我體內的那個東西，那眼神更將我摔得粉碎。

我聽見身體裡有什麼東西徹底碎掉的聲音。

無知真的是幸福，當下還沒有概念，懵懵懂懂不覺得受到傷害，長大之後才漸漸明白事情的嚴重性。傷害的後勁隨著逐年成長慢慢增強，世界一點一點崩塌。

國中時，難得沒有被借去上數學的某堂健康教育課，老師在講台上風急火燎的趕課，從人體構造跳到兩性教育。下課前他放了幾個經典的性騷擾防治影片，浮誇的劇情使同學們都在竊笑。

我睜大眼睛不錯過任何一幕，第一次走進世界的背面。

後來我陸陸續續理解了很多事，但我最不能理解的還是裝作相安無事的媽媽。

「妳爲什麼不叫媽媽？爲什麼不跟他說不要？」

媽媽搖晃著我的肩膀說著，將我推進更深處。

何其殘忍。

一個連自己的身體都還不完全理解的小女孩，又怎麼能理解發生在這具身體上的事情？我連他說的話都不明白，又怎麼知道要拒絕什麼？

沒有人告訴我，這個世界對女生充斥著惡意，存在即是原罪。因爲我沒有呼救、沒有拒絕，都是因爲我沒有保護好自己。

哥哥被毒打一頓，四肢滿是一條一條帶著青紫的紅印，縱橫交雜。一、兩道滲出了血，爭先恐後出走的血珠，像是媽媽盡己所能卻徒勞無功的彌補，也像我無用的掙扎。

無人知曉眞正的原因，姐姐乃至爸爸都不知道。彷彿我身體裡撕裂的傷口，也會隨著藤條抽過的痕跡淡去而逐漸癒合。等到哥哥的傷好全了，就沒人再提起這件事了。只剩我用我的身體永遠記得。

被撕開的深處留下難以痊癒的疤痕，每一次看到他，都會重新烙印在我身上。

後來有很長一段時間，我學著把一切當成一場夢，裝作若無其事，我學得很好，至少可以安穩入睡。

直到被媽媽甩了一巴掌的那個晚上，虛幻堆砌的世界崩塌了。

「妳現在才高中，就在外面跟男生亂搞？」

充滿責難的眼神和當初打開房門時並無二致，她親手把所有男孩和夢魘連接起來。女孩合該是沒有情慾、純潔無瑕的白色，任何肌膚相觸都是汙染和腐敗。大人總是會先想到那一處。

也許她從未相信我在九歲那年是眞的什麼都不懂。

我開始做夢。夢到哥哥無聲無息溜進房間，身邊的床墊被他的重量壓到凹陷，窗外的雨傾盆落下，溼氣瀰漫在空氣中被吸入肺裡，而我動彈不得。

然後視角切換，我漸漸感覺不到觸碰，低頭看著床上的他蠕動，像是一場事不關己的電影，狗血又冗長的那種爛片。

無盡濃稠的夢裡，靈魂有時候會像這樣抽離身體。有時我被壓在身下，被突如其來的光亮刺得睜不開眼，有時飄浮在半空中，可以清楚看見房門打開的軌跡，以及光線一束束射入的殘影。不變的是最後房門都會關上。

那僅僅是一次過後，甚至不是晚上，也不是一整夜那麼長的時間，卻包攬了我一生所有的噩夢。

再次面對這些不堪，我訝異自己平靜的像是在講別人的故事。噩夢接近尾聲，我抬頭看見羅瑀暄淚流滿面。

「我只是覺得太難過了，這麼多年來妳一直獨自承受。而且還是家人。妳該怎麼辦啊……」

我無法在哥哥嬉笑著問我「爲什麼恐男」的時候處之泰然，也無法對著他發脾氣，追究當初他對我造成的傷害。

我每次看著他都無法理解，不懂他怎麼能比我先原諒自己？

我也無法質問媽媽，當初爲什麼讓事情就這麼過去？甚至沒有告訴哥哥這是不對的，還急於把這件事深埋。

我無法哭泣或質問、無法追究一切，因爲一旦端上檯面就會分崩離析。

事情爆發之後呢？

法律和道德只能處置做錯的人，沒辦法處理赤裸裸攤開以後的尷尬和撕裂的家庭關係。

因爲是家人，我們每天睜開眼睛都會見面，不是可以轉身說不見就永遠不見的關係。

因爲終其一生，都無法逃離血濃於水的羈絆。每一次我在餐桌上撐起笑容談笑風生，也就錯過呼救的一次次機會。

「如果可以，我好想回到過去擁抱小時候的妳。」

她的淚水沾溼了我的肩膀，感覺我的心和眼淚一起被她捧在手上聚攏。

原來，還有人會爲了我哭泣。

「溫珞，答應我一件事，妳不要再責怪自己。」

「長大後才理解的後勁更強烈，我知道，因爲妳會忍不住責怪當下的自己爲什麼不懂或不拒絕，但明明該被責怪的，是那個利用妳年幼無知的人。」

她的眼淚活像種救贖，滴進最深處的時候會漾起柔白的光暈，內心深處彷彿有什麼被喚醒。

「那時候就該有人告訴妳『不是妳的錯』，也許妳就不會到現在還受困其中。」

她的淚水順著縫隙，湧進我封閉起的記憶。我曾經認爲面對就會徹徹底底的死去，但我在下墜的途中被她溫柔接住，羅瑪暄將我溫柔的收進胸口，我能感受到她的心臟和我的相合，在胸腔鮮明跳動。

幸運的人用童年治癒一生，不幸的人用一生治癒童年。

我看著羅瑪暄殘留淚痕的臉頰，那個每天半夜被電話吵醒還能面不改色的女孩，看我揭開自己卻哭得比自己的不幸更加眞切。

我們都很不幸，但我們有幸遇到彼此。

那天晚上我依舊做著被困在漆黑的小房間裡，全身動彈不得的夢，一樣發不出聲音，房門也一如往常的被打開。

而站在光暈之中的，是羅瑪暄。

她伸出手，不是要將我拉上懸崖，而是走下深淵，在和我同樣的高度，她蹲下身拾起破碎的我，一片一片拼湊。

夢的最後，終於不是一片黑暗作結。

☀

台灣的南部只有夏天和冬天，聯合迎新晚會辦在十月底，白天依舊熱到可以穿短袖、短褲。

「我只想看藝人表演。」羅瑀暄躺在自己的床上滑手機，逐條放大時間表。翻過身詢問對向的我，「溫珞妳要去嗎？」

她雙手撐在床邊，殷切的眼神炙熱，不打算放過任何一個可能會讓我心情變好的機會。

自從聽我說完噩夢，羅瑀暄更加理所當然的黏在我身邊。看到好笑影片都會貼給我，去哪也都要拉上我一起，甚至連和系上女同學團購的精緻甜點，最後都會放在我的書桌上。

我知道，她很努力想用自己的方式照亮我。

「班上的女生有約我，還是妳們要跟我們一起？」若琳的聲音從下方飄出。

天生就對這種大家結伴參加，在吵雜的音樂下舞動或喝醉，看似熱血青春的晚會活動敬謝不敏。我也不喜歡人多的場合，更遑論是和連名字都還沒記熟的系上同學一起去。但在表演名單上看到獨立樂團「Vast & Hazy」，還是讓我心動了一下。

「我都不認識感覺會很尷尬。」羅瑀暄搶先一步拒絕，又搶先一步逕自決定，「我跟溫珞一起就好了啦！」

「一起去吧！」她轉頭對我露出笑容，「妳不是喜歡Vast & Hazy嗎？」

我看著她燦爛的微笑，心底忽然有些澎湃，隱隱約約有種被牢記在心的感動。

藝人表演的舞台搭建在田徑場，我們在草地上隨意找了個位置坐下。台上的音樂震耳欲聾，我們已稍稍遠離最沸騰的範圍。

我屈膝抱住雙腿，下巴微微磕在膝上。

舞台前方的人群激動地跳上跳下，拚命將手伸向舞台，彷彿這樣就是更靠近青春的模樣。

脫離炙熱的人潮，晚風撲在身上竟有些生冷，剛才我還笑羅瑪暄穿外套出門會熱死，現在反而是我雙手環抱自己摩娑手臂，試圖驅趕寒意。

「就跟妳說要帶外套。」

她沒好氣地靠過來貼到我背上，抖開小外套將我們倆裹得嚴嚴實實，還順勢調整了角度，正好擋住吹來的風。

她的雙手環過我的腰間。

平時那個像小孩一樣的羅瑪暄，任性又隨意，總理直氣壯指使我載她買宵夜。動不動就擠到我床上，需要我照顧的羅瑪暄。

靠在一起的地方傳來她的體溫，一陣一陣，隨著心跳的頻率推到我身上。

立場互換，被照顧的陌生感覺讓人有些彆扭，但又忍不住貪戀這種被人照顧的溫柔。

我身邊的人向來任性。媽媽和哥哥吵起架來總是以不計後果的姿態相互傷害，家裡的氣氛天翻地覆。明明不關我的事，夾在他們之間仍被擠壓得窒息。

最後我還是只能各自安撫。

我只能拚命做些什麼，要是家庭關係停止運作，不堪一擊的和平表象被摧毀，好像就會輪到我崩解。

我好怕自己其實早在那個下著雨的午後就被拋棄。那時媽媽看著我的眼神，就像看著一個瑕疵品。

我只有努力尋求她的認同，努力成爲維繫家庭的一分子，才不會在那個雨季被丟下。

一路走來，朋友們往往以「成熟」來形容我。在各階段的朋友圈，我始終擔任著調停和照顧的角色。

一個人獨自走得太久了，其實我也渴望有個人得以依靠。

我輕輕靠上羅瑀暄的胸口。讓我在有人照顧的懷抱裡待得久一點吧！一下下就好，讓我逃離這個世界。

下一組表演的獨立樂團上台，身邊的人難掩興奮的開始躁動。

吉他手刷下和弦，主唱清澈又富有渲染力的歌聲，穿透晚風播送到很遠的地方。

Vast & Hazy的〈求救訊號〉，我在難以成眠的夜晚總會單曲循環，歌詞似乎能撫平所有傷痛。

小小的那個我　不太懂訴說
老躲在泡泡中　靜靜看世界日升花落
想找個柔軟的地方棲留
海洋　雲朵　或整個宇宙

噩夢又來過　害怕梗在喉頭
誰來接住我　否則我將無止盡墜落
所有景象中　都在尋求
渴望的溫暖　在誰的懷中

擁抱我　告訴我　我沒有錯
我值得占有　你的愛　你的痛
放開我　讓我想笑就笑　想哭就哭個夠
我會等候

間奏的時候我竟有些想哭，不知道是現場的歌聲太過直擊靈魂，還是她的擁抱太過溫暖。

「很像妳，也很像我。」羅瑀暄的聲音在耳畔響起，她環抱著我的雙手收緊了些，

「不要害怕，我會接住妳。」

我毫不遲疑的相信了。早在她第一次擁抱我的時候，就已經接住無止盡墜落的我。

一陣狂風吹過，舞台邊的喧囂被帶得更遠。羅瑀暄抓緊小外套，頭髮也隨風飄散，遮蔽住我的視線。我聽見她輕聲地笑了。

髮絲交纏的縫隙間，她伸出手輕柔地撥開我臉上凌亂的頭髮，將之一一歸位。指尖滑過我的臉頰，順過一縷髮絲勾到耳後，游移停下，「我有沒有跟妳說過，遇到妳，是我大學最幸運的一件事？」

我搖搖頭，她向來冰冷的指尖發燙，拇指輕輕摩娑著耳垂。

「那妳現在知道了。」她無比認真地看著我，淺棕色眼睛滿溢出波濤。

「妳也是。」我最幸運的事。

她的觸碰無比清晰，舞台的聲音被風聲隔絕，彷彿全宇宙只剩下我們兩人。四目相交之際，好像能看到最深的地方。

風逐漸停下，吉他的聲音和人群的喧鬧逐漸回歸，她鬆開了手。

如夢初醒般，歌曲結束了，她拉著我從草地上起身，將小外套披到我身上。少了外套袖子的遮掩，我才注意到她手腕的光芒。

灰色沉靜的表面，在微弱的月光下，隱隱透出藍色的幽光，她手鍊上的天然石和我生日時收到的項鍊如出一轍。

還來不及細看，她的手就收進外套口袋，連帶著手鍊也消失在視野。

我們並著肩走回宿舍。

收妥在胸口和上衣之間的拉長石，以及藏進月色下的暗月光石，悄悄變成另一個祕密。

☀

騎著機車奔馳在田野的次數逐漸增多，不僅限於週末，不用趕報告和作業的午後，羅瑪暄也會拉我出宿舍。

去市區時，只有前一、兩次開過導航，後來我們便心照不宣的將手機塞進龍頭下的置物格。感覺像騎著機車散步，期待著一些偶遇。

某天她卻一態反常的目標明確。我依循著她所指的方向，將機車拐進越來越隱密的小巷，佇立在眼前的，是一間名爲「日落電影院」的香氛選物店。

「我沒有噴過香水耶！」我將機車停到路邊，偏頭打量起這間精緻的店。

「感官知覺很容易和記憶連成線，尤其是嗅覺。」

羅瑪暄脫下安全帽，看見我疑惑的神情，她接著說：「妳有沒有過曾經聞到某種氣味，瞬間想起塵封的記憶並湧上情緒？」

我似懂非懂地點點頭。突然憶起學校後門那家早餐店熬的熱豆漿和我家巷口的一樣，都帶著一股焦香，每次聞到，總讓我回想起高中上學時的光景——穿越過煎鍋瀰漫的陣陣煙霧前往校園。

「因爲氣味會先引發情感反應，然後才產生記憶。不覺得很有趣嗎？聞到氣味就能觸動內心的快樂、悲傷，甚至是愛。」

她拉著我走向店門口，「香水的前、中、後調各自揮灑再融合，彷彿交織成一個個故事。」

「味道會引發情緒，那不同的味道交雜，不會覺得心情很複雜嗎？」我任由她牽起我的手。

「回憶所擁有的情緒本來就是複雜的呀！」羅瑀暄轉頭，認眞地看進我眼底，「正因爲這樣，才顯得一段回憶有多珍貴，每種情感夾雜都是獨一無二的。」

她說，氣味、情感與記憶的連結是一條路徑，帶領我們穿越時間和空間，和內心深處連動。

「妳也來試試嘛！說不定會找到指向妳美好回憶的味道喔！」

選物店在二樓，一樓的開放店面是間花店，同時販賣著標榜天然的手工皂和沐浴乳。即使各色商品的性質有些差異，也不會讓人感到突兀，反而有種在台北感受不到的隨心所欲。

我們一腳深一腳淺地踩著有些老舊的木製樓梯，羅瑀暄興奮得彷彿我們正走向祕密滿載的閣樓。

玻璃門後是一片目不暇給，商品不同於一般商店在層架上整齊劃一的排列，店裡鋪著米色長絨地毯，書架上擺著收音機，展示用的架子和小圓桌上都覆蓋一層玻璃，堆放著書和唱片，透明的香水瓶穿插擺放，白色的瓷瓶裡插著乾燥花，牆上掛著的投影布幕正播放著電影。夕陽的餘暉從窗外斜斜灑進，像是不小心闖進一場落日色的夢。

「這裡好棒喔！」羅瑪暄用氣音說，生怕從夢裡醒來。

盛滿香水的玻璃瓶前皆放著透明的小燒杯和試香紙，以及香調解說的牌子，每種香味都承載著一個故事。

羅瑪暄興奮得像隻小貓，在陌生環境到處嗅聞。她在好幾瓶香水間穿梭，深吸了幾次，再折返，揚手將試香紙湊近我的鼻尖。

清新的溼草坪和帶著水珠的野莓立刻盈滿鼻腔，中調的橙花與彩虹盛放，尾韻則是沉靜的琥珀與麝香。我轉過瓶身，白色的底印著深藍色的草寫字體——Rain，是一場小雨。

「原來還有這種形式的雨。」羅瑪暄將試香紙放回小燒杯，若有所思。

「我原本也很討厭下雨。」內心被觸動，我翻看起價格標籤，算是極大的認同。

那時也是一個溼黏的梅雨季。

我討厭夏天的雨，快下雨前那股悶熱的感覺，黏膩到近乎窒息的溼氣，就像會纏住全身一樣，讓人呼吸困難。

然而，Rain的尾韻是一股很清新的味道，像是在某個下過雨的午後，放下手中的書，站在宿舍小陽台看著大雨過後的草皮，微風帶著草地的清香迎面而來，羅瑪暄站在我身邊，肩並著肩。

清新、優雅又寧靜，心靈像被洗滌一樣。

「溫珞珞妳看，這是一對的耶！」

同樣的白底貼紙印著橙黃色的草寫字——Sunshine，一整瓶的陽光。

柳橙味的前調是一顆顆黃澄澄的太陽，橙花和風信子延續了陽光的溫煦，深吸一口，只覺得被包裹在太陽曬暖的被窩裡，溫暖得讓人捨不得鬆手。

橙花的香調串聯起兩瓶看似截然不同的香水，聞久了漸漸可以品嘗出它們之間細微卻富有底韻的連結。

「我們就買這個吧！」

羅瑀暄的淺色眼睛閃閃發亮，將兩瓶香水放到我的手上。

「誰要哪瓶？」

我毫不猶豫將Sunshine塞進她手裡，她笑了起來，扭開瓶蓋往自己身上輕輕一噴，接著執起我的手腕噴灑上Rain。

在她抬手的時候味道就混在一起了。橘紅的落日餘暉映照在她半邊側臉，她平靜的淺笑，像極了雨後初陽。

Sunshine是專屬於羅瑀暄的味道，是我每天清晨醒來時，打翻在床頭的一整瓶陽光。

她就是以那樣的姿態灑滿我整張床，輕而易舉地照亮心裡每一個角落。

Rain是自己。我悄悄決定了，總有一天心裡的風暴會找回平靜與祥和。

因爲羅瑪暄，我才知道世界上還有另一種樣貌的雨，不同於夏天溼黏得幾乎窒息的悶熱，而是即將遇到陽光而變得清新的雨。

羅瑪暄站在門口對我招手，我毫不遲疑地朝她的方向邁開腳步。

得要朝著太陽的方向往前走，才能迎接雨過天青。

Chapter 05 向陽

秋天在南台灣並不存在，樹葉轉黃的季節，只是在夏季和冬季間的搖擺不定，稍微越過界線就是冬天，一不留神，日子就和鳳凰大道頂端枯黃的葉子一樣掉了滿地。報告和作業的週期，也很快到了會滿溢而出的季節。

「課程結束後請大家留下來一下，我會請班代主持，要開第一次作業的說明會。」影像製作課的教授站在講台上宣布，頓時哀號四起。我把影製作業輸入進手機已被塞滿的行事曆，看見幾個人面色凝重聚在一起，甚至有人已經偷偷摸摸收拾起東西。

「影製作業有這麼恐怖嗎？」我滿腹疑惑，之前爬文沒聽說這堂課很硬啊？

「是因爲今天晚上要打系際盃啦！」若琳的眉頭一下緊皺一下又舒緩。

她遞過手機，比賽場次和系所一字排開，資訊實在太多了。我的目光飄向籃球比賽的名單，很快找到了我唯一有興趣的名字。

「啊，瑀暄也是今天比賽呢！」若琳湊到我身旁看著螢幕，「要去看嗎？」

「要！」我不假思索地回答。

「可是籃球比賽剛好在影像製作下課的時候開始。」若琳的眉頭又皺了起來，「教授說要開說明會，不知道要開多久……我也要比賽耶……」

後來她又說了什麼，我沒仔細聽，忙著傳訊息給羅瑪暄。

「我會去看妳比賽喔！」

「那我贏了要請我吃豆花。」

「妳也想太早，等妳贏了再說吧！」

「嘿嘿，愛妳喔！」

接著一個企鵝在肚皮上塗著愛心的貼圖傳來。

秒讀秒回，奇怪的情緒油然而生，我說不上來，但嘴角不自覺上揚。即使隔著螢幕，彷彿還是能看見她的笑臉。

「妳幹麼笑得這麼噁心？」若琳探過頭想看我的手機，嚇得我下意識關掉螢幕。

「妳、妳不要隨便看人家的手機啦！」

「很可疑喔！」她瞇起眼睛，下一秒就勾住我的脖子，「快老實招來。」

休息時間結束，教授正好走進教室，清了清喉嚨準備開始上課。

「哼，等等妳一定要給我說清楚。」她悻悻然鬆手，不忘耳提面命要我老實交代。

接下來的課程內容我都沒什麼印象，教授在講台上滔滔不絕，字句竄進耳朵，又從另一邊溢出，飄浮在我周遭。

「抗拒從嚴！坦白從寬！快說！」

若琳丟了張紙條過來，上面還畫滿大大小小的驚嘆號，我將紙條塞進抽屜裡，努力想忽視躁動不安的心跳。

作業說明會比預期的還要冗長。羅瑀暄在賽前傳了訊息，問我到體育館了沒？還沒到的話幫她買瓶水。

我盯著手機螢幕上的時間坐立難安，數字每跳一下，心臟就跟著用力跳動一次，身邊陸陸續續有人收拾好書包從後門偷偷溜走。

我看著一旁專注抄寫筆記的若琳，我不是要參賽的人，沒有理由就這樣走掉。

好不容易捱到散會，我將所有東西掃進後背包，很快走出教室，沒有時間回應若琳在身後叫喚的聲音。

原本只是加快腳步，而後想去看一眼的心情逐漸膨脹到無法忽視，腳跟一抬，我開始在夜色裡狂奔。

從人聲鼎沸的走廊，跑進夜色下的大道，耳邊只聽得見自己的心跳，像在宣告時間的流逝。

要快一點，再快一點。

氣喘吁吁踏進體育館的大門，兩行列隊整齊的隊伍站在中央相互握手，接著離開了彩色膠帶圍成的三用球場。

可馨坐在離門邊不遠的位置對我招手，我看著離場的球員，忐忑不安地靠向可馨，她拿起占位用的包包，在我坐下的瞬間，熟悉的黑長直馬尾在餘光中一晃而過，台上的播報員重新復讀了比賽結果，系際盃籃球賽第一輪最後一場比賽，法律系勝利。

「妳要走了？等等要比排球，妳不看若琳比賽啊？」可馨詫異地看著從座位上站起身的我。

我愣了愣，突然意識到球賽對我而言已經毫無吸引之處，我一拿到名單就只鎖定羅瑀暄的名字，找到以後又直奔體育場。

大家齊心爲團隊搖旗吶喊、爲系上的榮耀歡呼與落淚，激動地跳上跳下，心情受進球或失誤而牽動。

在滿場加油的熱潮裡，我簡直顯得格格不入。

沒有羅瑀暄，我毫無觀看比賽的興致。我根本不在乎誰輸了球，誰又贏了球，只是很純粹的想看她一眼。

只是單純想看她揮灑汗水飛馳的身影，進球時和隊友擊掌，回頭時髮絲畫出完美的弧度，時而綻出燦爛微笑，在球場的聚光燈下閃閃發亮。

「我有點不舒服，想回宿舍躺一下。」隨便編了個藉口，轉身逃離觀眾席上的滿腔熱血，以及可馨的關切目光。

但我算是清楚了，原來我早已不知不覺深陷其中，怎麼也無法逃離羅瑀暄。

茫然地走出體育場，紅色的車燈在眼底留下殘影，我還沒反應過來，一台機車已經停到我面前。

「溫珞予。」

魏如穎是少數在系上還會主動找我說話的人，我們也同組合作過幾次報告，但我所有的人際關係也僅只於此，一腳踏入，一腳還在外，不深也不淺。

「本來等比賽結束要載我室友回宿舍，但她們說要去慶功。」

所以方才的比賽是我們系贏了。我冷靜地想著，心底沒有任何一點爲贏球而高興的波動。

「要不要我載妳回宿舍？」她推開安全帽的面罩。

我呼了口氣，吐出的白煙在冬日的冷冽裡迅速雲霧繚繞，遮擋在我們之間。想隱藏什麼都很容易。

「不用了，我想一個人走走。」我在白煙之後笑了笑，沒看清楚她臉上的表情。

剛打完比賽的一群人在夜色裡歡鬧，一路嚷嚷著待會要去哪裡喝酒慶功。通往宿舍和校門口的主要路線，是一條燈火通明的大道，學生平時多會從這條路通行往來。此刻幾場球賽打完，大道更是熙熙攘攘，亮晃晃的路燈下，每個人都映出好幾個影子。

我沒有隨著人潮走向最快也最方便的那條路，而是轉身拐進靠近森林的小徑。

昏暗的路燈照不清路的盡頭，我知道有什麼徹底改變了，一些得要一路走著才能思考的事。

這是羅瑀暄在煙火大會之後領著我走回宿舍的那條小路。她驕傲地說，這是她發現的祕密通道，白日風景優美，晚上幽暗人靜。因爲路燈不多，抬頭就能看見潑灑一片的星空。

我們在這裡一起看了煙火。

火光映在她臉頰上半的模樣，照亮了心底的每一處。

她輕易走進我的內心深處，我不確定是在她爲了我流淚的時候，抑或是她第一次擁抱我的時候。陷落從來就無法自拔。

與她相擁總是感覺被觸動，貪戀她的溫暖、她的微笑和光。

隱隱約約知道羅瑀暄不一樣，只有她的觸碰會蔓延到心臟。

我對這樣未知的自己感到有些慌張，因爲我們都是女孩，理所當然地躲在好朋友的身分之後，享受那些曖昧不清的美好。女孩和女孩的牽手是日常，毫無理由就能擁抱。

我好像眞的喜歡上妳了。

黑暗裡我側耳聽著心跳加快，卻比想像中還更平靜地接受了，承認了一直壓抑在心底的情感。豁然開朗之後，反而找回內心的安寧，得以更誠實的面對自己。

我不必再因爲她是女生，而強迫自己忽視對她的好感。

我喜歡她，在意識到之前就喜歡了。她的理解、救贖和光芒，從來就無關乎她是不是女孩。

四周一片漆黑，只聽得見蟲鳴的聲音，但我繼續走著，想在黑暗的盡頭看見屬於自己的光。

她的聲音忽然就劃開寧靜的夜空。

通訊錄裡數十個名字，只有她的來電設定成專屬鈴聲，在寂靜的夜裡襯得更加清澈、純粹，是她當初唱的那首直擊心臟的〈囚鳥〉。

現在根本很少打電話，而祕密是，她沒打來的時候，我也總是反覆聽著，幾乎要刻在鼓膜上，化爲身體的一部分。

我是被你囚禁的鳥
已經忘了天有多高
如果離開你給我的小小城堡
不知還有誰能依靠

從她唱出第一個音節時我就被虜獲。雖然是在KTV裡偕著若琳、可馨和我歌唱，但我寧可相信她是對著我，爲此待在籠中也甘之如飴。

我聽完一個段落才接起電話。

「妳在哪裡？」她劈頭就問。

移開話筒瞥了一眼時間，才發現距離球賽結束已經過了三個小時，也許連慶功宴都早已散了會。

「可馨說妳早就回宿舍了，怎麼沒看到人？」見我不回答，她又急迫地拋出問題。

我想了一下，決定模稜兩可的回答，「只是在想點事情，忘了時間。」

「妳還好嗎？」她的語氣變得緊張，也許是想起了林佑全，「妳現在在哪裡？我去找妳。」

「我快到宿舍了啦！」我走出小徑，抬頭看見熟悉的宿舍，「我到門口了，我保證妳五分鐘後就會看到我。」

聽著她擔憂的語氣，我忍不住嘴角上揚。

再多重視我一點吧、再多擔心我一點吧。為我流淚的時候，為我生氣的時候，因為我表露出擔憂的時候，我終於得以真切地感受到，我在妳心中占有一席之地。

等電梯的時候我打開與她的聊天室，她在不同的時間點分別傳來訊息，一則比一則更急迫。

「妳去哪裡呀？」

「溫珞珞什麼時候回來？」

「很晚了，還不回來嗎？」

「我明天早八，要睡了，妳趕快回來啦！」

「快點回來！」

然後是一張氣得一手插腰、一手指著前面，表示命令的貼圖。結尾的驚嘆號從螢幕上竄出，直直跳進我的心臟。

她不知道有人在等待所代表的意義。光是知道她在等我回去，就足以讓我心動不已。

隔天羅瑀暄的早八理所當然睡過頭了，我只能認命地騎機車送她到法學院大樓。

她爬上後座，雙手很自然地放在我的腰側，拉著我的外套，我卻沒來由地一陣僵硬。

她的手原本就是放在那裡的嗎？

一夜之間，有好多事情改變了，我還找不到位置安放自己。

「妳今天怎麼都不講話？」羅瑀暄喋喋不休地分享著她偶像的新歌MV。見我沒什麼反應，她轉而將手搭上我的肩膀輕輕搖晃，在擺動之間，她的指尖輕輕擦過我的脖子。

電流般的感覺竄過，被她碰觸的肌膚激起一片顫慄。我嚇得用力按下煞車，猝不及防，她直直撞上我的背。

「妳幹麼啦？」安全帽大力的碰撞在一起，發出沉悶的撞擊聲，她扶著頭哇哇大叫。

「妳不要亂動啦！被妳嚇到了。」我小聲地說，重新發動機車。

脖頭上彷彿還殘留著她的餘溫，安全帽撞擊的力道讓人頭昏腦脹，唯一清楚的感官，是她柔軟的身體就這樣毫無防備地貼在我背上。

接下來的路途上誰都沒有開口，她不再拉著我的衣角，轉而抓緊後方的把手，有意無意地拉開身體接觸的距離。

我們終於抵達。

她爬下機車的時間比平常更久，我伸手想扶她，卻被她不著痕跡地避開。上課鐘聲響起，她站在機車旁努力了很久，仍然解不開安全帽。我回頭看著她因焦急而漲紅的臉，僵硬的手指在對上我的眼睛之後，再度從扣帶滑開。

「撞到頭了，還很暈。」

她試圖解釋，在我伸手的時候乖乖抬起頭，任由我解開安全帽的扣帶，眼神不斷飄移。

終於脫下安全帽，她沒有看我一眼，低著頭匆匆向前走了幾步。在踏入法學院大樓前，她的腳步微微遲疑，最後還是回過頭。

小橋流水般的淺色眼睛對上我的，然後她微微一笑。

☀

自從認清了自己的心意之後，對她的喜歡日漸滿溢，漸漸無法好好藏起。

在小小的宿舍裡，眼神很容易就飄向她的所在，我總是不知不覺盯著她太久。有幾次我看向她的時候，會發現她也正在看我。

某個不用練球的夜晚，她躺在我的腿上，黑色長髮慵懶的呈放射狀散亂。她邊看著偶像的表演影片邊把玩我的頭髮，認眞的將髮絲編成一條條長辮。

「妳們眞的很像情侶耶！」走出來拿毛巾的若琳不經意說了句。

「對啊怎樣，妳羨慕喔？」羅瑀暄比我先開口，隨手拿起一旁的企鵝娃娃就往若琳身上丟，她輕巧閃過，鑽進浴室關上門。

我看著那隻掉落在浴室門口的企鵝，是玩笑，還是制止?

我搖搖頭，在心底自嘲似地笑了，原來自己也會擔心這種事。

在發現對她的喜歡時那麼努力佯裝鎭定，好像只是釐清一個必然的結果，好像喜歡她是多麼自然而然，可一旦碰觸到現實，我還是會忍不住退縮。

感受著枕在腿上的體溫，有股衝動想要問她，又害怕知道答案。

維持現狀也不錯，我只想藏在這樣曖昧不清的距離裡，多偷一點生活的美好。

「妳有沒有考慮過染成粉紅色?妳那麼白一定很適合。」她的手忽然往上伸，輕輕撫過我的臉頰，「妳看他這次的新造型，粉紅色超好看的。」

「妳這麼喜歡怎麼不自己染?」我拍開她的手，若有似無的觸碰搔得我很癢，也害怕過高的體溫會被她發現。

「不行啊……」

我低頭看見她的表情，「爲什麼」頓時哽在喉頭。

她苦澀的笑了一下，我想起在話筒這端聽過的咆哮。曾經覺得無比耀眼的黑長直髮像一張蜘蛛網，緊緊纏在她身上，卻網不住排山倒海的悲傷。

週末，我回台北時，總是不經意想到她臉上的悲傷。

好想爲她做點什麼，讓她不要再露出那樣的表情。

憑著這股信念，我在拖著行李走進捷運站前轉了向，打給我的設計師。

幾個小時間我睡著好幾次，直到他宣布大功告成。

我就著鏡子端詳嶄新的自己，引人注目的模樣讓我有些彆扭。而設計師在我身後撥鬆我的頭髮拍攝成品照，不住稱讚。

爲此我錯過好幾班火車，走進宿舍時已經是深夜。

「妳好晚，不是說下午就回來了嗎？我等妳很久耶……嗯？」她發著牢騷，抬頭看見我的時候，緊皺的眉眼瞬間被一絲驚喜取代。

「妳眞的染了？」她雙眼晶亮地拉著我轉了一圈。

「嗯啊！粉棕色，因爲我還不敢漂髮。」

「這樣就很好看了，很顯白。」

她露出燦爛的笑容，一遍遍摸上我的頭髮，指尖穿過髮間，散亂在掌心上。羅瑪暄微微俯首，就著燈光將髮絲捧起，細細密密地看著，像是最虔誠的信徒。

看見她的笑容，得到一點微不足道的回應，就能讓我打從心底感到開心。

和她追一樣的偶像、變成她喜歡的模樣、努力滲透進她的生活……只爲了更靠近她的心一點。

「問妳喔！」

我們一起躺在床上，我盯著天花板，深吸口氣，她側躺著蜷縮在我的身側，還在一遍遍撫摸我的頭髮。

「如果我跟別人……不一樣的話，妳會怎麼想？」我艱難的開口，心跳逐漸加快。

「雖然聽不太懂，不過妳很迷茫嗎？」

「我是擔心我的不一樣會帶給身邊親近的人困擾。」我看著床上的企鵝娃娃，想起它被丟在浴室門口的景象。

「妳爲什麼要自己預設立場呢？」髮絲捲在她的食指上，她停下動作，無比認眞地看著我，「親近的人有說她覺得困擾了嗎？」

她輕輕壓著我半邊肩膀，力道不大，但足以讓我轉過身。

她的深黑髮絲散落在床上，我側過身面向她，看著剛染的粉棕色頭髮一縷縷的交纏進漆黑，一點一點相互滲透。

「但我是世界的少數，還不被完全接受的少數。」我的聲音漸漸弱下，「我偏離了大家熟悉的樣子，繼續下去，好像只會越走越遠。」

「妳該不會是想說，自己不正常吧？」

她清澈的眼神穿透我，在那雙淺棕色的眼睛前，我總是無所遁形。

「不要這樣說自己。」她加重語氣，堅定地看著我說：「溫珞珞就是溫珞珞。」

她伸手摸了摸我的頭，從髮旋到髮梢。她的身高差了我一截，站著的時候要踮起腳尖才能撫過我的頭頂，總覺得有些彆扭，但是現在我們都躺在床上，目光平視，所有的阻礙都得以裝作不存在。

她小小的手掌溫柔地撫過後腦勺，認眞的一遍遍描繪我的形狀，每一次都感覺被治癒。

隔著髮絲碰觸到後頸的時候，她停了下來。

「不要因爲他人眼光感到畏縮，我喜歡妳現在的模樣。」

她看著我的時候空氣緩緩變動，我們的眼神相互接觸，在彼此的呼吸中隱隱碰撞。手掌慢慢加重力道，將我推往她的方向。她越靠越近，我下意識閉起眼睛。蜻蜓點水般，她的呼吸幾乎落在我額間。

宿舍的門被撞開，羅瑀暄起身的速度很快，瞬間便抽離我們靠在一起的部分。

「我回來囉！」若琳高舉著手中的塑膠袋，一如往常蹦跳著踩進宿舍，「我買了宵夜，快點下來吃。鹹酥雞配啤酒！」

「妳小聲一點啦！等等又被投訴。」

羅瑀暄笑著說，她已經順著樓梯而下站在書桌旁，適得其所，好像本來就站在那個位置，好像我們剛剛沒有躺在同一張床上，緊挨著彼此。

額頭還殘留著她的餘溫。我恍惚覺得，她也像我一樣努力假裝正常。

氣象預報說，今年的雙子座流星雨是近幾年來最爲盛大的。著迷於天文景觀的羅瑀暄相當期待，於是我理所當然和她約好一起看流星雨。

我們的互動一如往常，那夜的微妙氣氛好像又變成另一個祕密，悄悄藏進內心深處的角落。

約好時間後，接下來一整天我都異常忙碌，各種新的課堂分組、討論和作業說明會，讓我忙到沒有時間回覆不斷閃爍的訊息。直到最後一堂課結束，才終於能喘口氣打開手機。

羅瑀暄在不同的時間點傳來訊息，最後一則不用點開就能看到。

「可馨還有我朋友都會去喔！我們在田徑場。」

我反覆看了很多遍，忽然有種被丟下的感覺，很想馬上打電話問她，我錯過了什麼。僅剩的理智提醒著我，她不喜歡接電話，會害她想起夜半裡非接不可的那些咆哮。

最後我只回了一個「好」，像我一如既往的妥協。

走去田徑場的路上，我終於有餘力可以思考是從哪個環節出了錯。

只有我單方面把看星星當成我們心照不宣的祕密，她完全沒有特別看待這件事，只想著可以把朋友都攬到一塊，也許是希望朋友們也能互相認識，甚至好好相處。

溫珞珞不會介意的啦！她就是那種人啊！喜歡跟大家一起。

我幾乎可以想像她笑著對朋友說沒關係的樣子。

但妳不知道，我的模樣是循著妳的喜好建構而成的，我想變成更像妳會喜歡的樣子，只希望妳能多看我一眼。

田徑場的矮牆邊聚集著一小群人影，地上鋪著野餐墊，甚至還準備了啤酒和零食，也太齊全了。

我有些排斥，但還是認命地走過去。

「我以為妳會找若琳一起耶！妳不是很喜歡大家一起參加這種活動嗎？之前看煙火的時候也是。」

羅瑀暄像個小孩子般興奮，拉著我坐下，滔滔不絕地解說著雙子座流星雨。我看著她熠熠生輝的臉龐，感覺心裡的陰霾被吹散了一點。

「欸！羅瑀暄妳看，這個是不是獵戶座啊？」系籃男在另一側舉著手機，螢幕畫面是可辨認星座的應用程式，羅瑀暄雙眼發亮，跑到他的身邊坐下，兩人擠在小小的螢幕前，樂此不疲地指認夜空中的每一個星座。

「怎麼找他來啊？我跟他又不熟，這樣很尷尬。」討厭的感覺再度籠罩，我忍不住向一旁的可馨發起牢騷，「還以為頂多就是我們寢的小聚會。」

「你們不一樣啦！」看著可馨男友的臉上清晰可見的尷尬，我連忙補充，「他們又沒有在一起。」

這句話說出口時異常煩悶，我搖搖頭，想把這個假設趕出腦海。

「妳上次說他叫什麼名字？我有點忘了。」可以的話我根本不想記得，但我想著，至少要知道名字，才能知道該如何稱呼這股不悅。

「高睦恩，跟我們一樣是法律系大一。」可馨遞給我一罐啤酒。

「他跟瑪暄好像很熟的樣子？」我忍不住皺眉，看著兩人相談甚歡，幾乎要靠在一起。他們坐的離我們不遠，但是聲音被風吹散在夜空中，就像相隔了整個宇宙。

「因爲他們是國中同學。」可馨漫不經心地說，邊拆開一包洋芋片。

「是喔？」我盡量讓自己的語氣聽起來一派輕鬆，「怎麼都沒聽她提過，妳怎麼知道？」

「他是我們系的啊！」可馨一副看笨蛋的眼神，好氣又好笑，倒是沒發現什麼端倪。

「可能想說反正提了妳也不認識吧？」

「國中同學居然到現在又相遇，眞的好巧。」我不動聲色地說，感到苦悶漸漸在胸口糊成一團，「他們看到對方的時候應該很驚訝吧？」

「他們好像斷斷續續有在聯絡吧。他爸爸也是業界滿有名的律師，跟羅瑪暄的爸爸是好朋友，一直有定期聚會。不過他們也是到開學那天才知道剛好同校又同系。」可馨再拋過一個讓我驚訝的事實。

「世界還眞小。」我努力克制著顫抖的聲音，腦袋一片混亂，快要不知道自己在說什麼。

「對啊，這就是緣分吧！」她隨口一說，逕自結束話題，轉而研究起天空中的星座。我卻被她的話語刺中。

可馨和男朋友、羅瑀暄和高睦恩，他們坐在一起的樣子像一幅畫，標準的會被選入課本當範例的那種，刺得我眼睛發疼。

什麼是標準？什麼是正常？

我想像了一下自己跟羅瑀暄坐在一起的模樣，忽然想起她連跟我躺在同一張床，都還是忍不住遮遮掩掩。

偌大的田徑場，好像哪裡都沒有我的位置，又剩下我一個人。

我想的是跟她一起看流星雨，而她想的卻是和朋友們一起。

至今爲止所有的好，都只是友情嗎？那些夜半我們偷來的時光、互相支撐捱過失眠的夜晚、溫熱的擁抱，還有一起迎來的曙光，難道對妳而言並不特別嗎？

原來我們之間，沒有因爲知曉彼此的痛，看過彼此最不堪的一面，而在妳心中成爲特別的存在。

可是妳在我心中是。

天秤傾斜了，我再也不能用平衡的眼光看待羅瑀暄。

她的一句話、一個不經意的舉動，都能在我心裡掀起波瀾。

因此當她笑得心滿意足坐到我身邊的時候，我還因爲心裡的糾結對她有些冷淡。

「怎麼了？」她很快就發現我的不對勁。

我沒有回答，眼神卻不自覺往高睦恩飄去。短短一秒，她馬上意會過來，連忙開口解釋，「我以爲妳有約若琳，所以就找了可馨。高睦恩是剛好遇到的啦！」

「不是妳約的？」

「對啊！我們快到田徑場的時候他剛好經過，聽到我們要看流星雨，他就說也想看。然後可馨就找了男朋友……」她偏頭小心翼翼地觀察我的表情，「對不起喔……我沒想那麼多，想說畢竟之前也是他幫的忙，不知道妳會不自在。」

對喔，是他幫忙壓制林佑全的。

可馨的驚呼打斷了我要說的話。

我們同時抬頭，一點星光劃過夜空，流星雨開始了。屏氣凝神等了一會，才又看見另一道流星閃現，接著在夜空的各處，微微的光芒此起彼落。

流星雨並不像是眞的雨，掉落的軌跡方向多樣，還會由下而上劃過。落下的星光也不像雨滴般密集，而是低調的、輕盈的在視線周遭閃現，一不留神甚至會錯過一些光點。

流星不像煙火那樣璀璨耀眼，卻能在心底留下微光的痕跡。

流星的光傳到地球時已經如此微弱，但它仍奮不顧身的燃燒自己，即使最終隕落。或許來到世上一遭，穿越了億萬光年，只爲了那一刹那，在她眼底留下淺淺的痕跡，流星就已心滿意足。

「原來不像眞的雨。」她喃喃說著，和我想的完全一樣。

因爲眼前的景致，心底有點感動，再加上看見她興奮的表情，我有些動搖，但還是不說話，以沉默表達最低限度的反抗。

「不要生氣嘛！」她抬頭看著我，然後輕輕搖晃我的手，「下次我們一起看吧！就我們兩個。」

星光在她身後劃出痕跡，像是印在我的心上。我忽然覺得沒有那麼難過了，就因爲那句「下次我們一起」。

Chapter 06 日蝕

時間的流逝悄無聲息，埋首於書堆的期末考週匆忙而混亂的過去，學期也即將結束。

離開宿舍的前一晚，我們在收拾整齊的寢室開了小型聚會，行李箱堆放在門口，還沒有眞切感受到離別。

「寒假也要常常聯絡喔！」若琳舉著啤酒作結。

直到早上在門口提著行李，我回頭看向空蕩的寢室，這個我們住了整個學期的家，才後知後覺地體會到，我們即將分開很長一段時間，而我們住在一起的時光，只剩下不到半年。

看流星雨那晚發生的事，還讓我單方面有些彆扭，想到回台北後，我們的距離只會更遙遠，多重情緒疊加，鼻頭微微酸澀，忍不住眼眶泛紅。

「吼唷，溫溫妳幹麼？」若琳立刻過來抱住我，語調也微微哽咽。

四人最後在堆滿行李的門口抱成一團。

擁抱了若琳和可馨，接著羅瑪暄站到我面前。

她伸手環抱住我，一絲遲疑都沒有。橙花和雪松交織的熟悉氣味鑽入我的鼻間，全身彷彿都沾染了她的味道，我留戀的深吸一口，便匆匆放開手，深怕再擁抱下去，她會察覺到我過快的心跳。

「寒假再約出來玩吧！」她笑著對我說。若琳和可馨也紛紛表示贊成。

她的笑容和平時無異，我想著，這樣就好。

我還是站在最靠近她的地方，這樣就足夠了。

☀

寒假，就算再不想還是得回家。

自從對羅瑀暄打開心扉，我便下定決心要好好面對自己。但其實沒有想像中容易。哥哥總是熬夜打遊戲，敲擊鍵盤的聲音、對著耳機的吆喝，以浮誇的姿態張揚他的存在，他越膨脹，我就越渺小。彷彿他還是輕而易舉就能壓在我身上。

我依舊無法和媽媽共處在同一個空間太久。在她抬手時，我還是會下意識瑟縮，因此我往往會找藉口待在書房，不敢在她面前無所事事。

不過，我漸漸學會不起衝突也能保全自己。在媽媽咆哮的時候，想著羅瑀暄的臉就能轉移注意，那些傷人的字句開始不會留下太多痕跡。

白日裡，四人的群組仍十分熱鬧，相約出遊的計畫也如火如荼的進行，我們興奮地討論起要去其中一人所住的縣市遊玩，然後在她家過夜。

而半夜萬籟俱寂，才是我們熟悉的世界。

我總是等到外頭終歸寂靜之際打給羅瑀暄。我們像之前一樣天南地北的聊天，有時候只是把手機放在耳旁，沉默地聽著彼此的呼吸聲，誰也不想掛上電話。

我十分珍惜只屬於我們兩人的時光。

「去若琳或是可馨家都可以呀！趕快決定才能安排行程。」夜裡的電話時光，羅瑀暄正在抱怨我們毫無進展的出遊計畫，都過了好幾天，地點還是沒個定論。

「可是我也想去妳家耶！」快要睡著的我迷迷糊糊，未經修飾就脫口而出。

話筒那端過久的沉默，讓我突然驚醒，「對不起，我沒有其他意思。」

「沒關係。」她在話筒那端笑出聲音，「我知道妳只是很單純的想要跟我在一起。」

這話聽起來曖昧不明，像她的指尖輕輕在心上抓撓，感覺很癢、很微妙，卻不討厭。

她又說了一些旅遊行程的選項。我靜靜聽著她用輕柔的語調勾勒關於未來的美好想像，而那之中有我。

但我忽然就聽不見那潺淙淙的流水聲。

她的聲音戛然而止，抬眼看向螢幕以外我看不到的地方，神色變得慌張。空氣中飄浮著沉重的靜默，然後「碰」的一聲，是有人重重捶在房門上的聲音。

鏡頭歪了一下，她的臉很快拉遠，我壓了壓耳機，好像這麼做就能離她更近一點。她的一邊耳機陷在棉被裡，隨著她慌張起身的動作，不斷發出布料摩擦的雜音。

隱約傳來碰撞聲，夾雜著模糊的叫喊，那聲音無比熟悉，和夜半時刻宿舍陽台上，羅瑀暄緊握的話筒中傳出的歇斯底里準確無誤的重合。

「羅瑀暄，妳給我出來！出來！」

女人的聲音撕心裂肺，我在另一端都聽得驚心動魄。而羅瑀暄率先放開手，「我們晚點再說。」

她的聲音和臉色一樣蒼白，鏡頭瞬間暗下，不遠處拍打著房門的聲音重敲在鼓膜上，和我逐漸加快的心跳同步。

我看著螢幕裡只剩下自己，頓時有些慌張，「羅瑀暄，不要掛……」

羅瑀暄在觸手可及的地方轟然炸裂。校慶時我們一起看的煙火，如今只剩下墜落的餘燼，我還來不及伸手接住她，電話就像殘餘的火光一樣迅速熄滅。

之後我再打電話過去，羅瑀暄都沒有接。

可以的話我能打上一整晚，但在反覆斟酌後只打了三通——進可攻退可守的範圍，迫切的關心又退守在朋友的安全界限以內。

但最後，就連發去的訊息也始終沒有變為已讀。

隔天她一如往常的道早，沒有提及昨晚的隻字片語，我看著她貼了個開心打招呼的貓咪貼圖，心臟一陣酸澀。

在那之後又發生過好多次，每每羅瑪暄都在門被打開之前，先一步把我推開。只有一次她還來不及拔掉耳機，風暴就衝了過來。手機被過猛的力道甩到地上，陷進厚實的長毛地毯裡，吸收了不絕於耳的叫囂。

「要不是因爲有了妳，我現在也是個法官。」

「要不是因爲妳，我就不會被困在家裡帶小孩，犧牲了我人生最精華的歲月。」

「我只是要妳在系上保持前十名，爲什麼連這點要求都做不到？我當初可是法律系第一名畢業的，我怎麼會生出妳這種小孩？」

我低伏在地板上不敢開口，但我好希望自己能尖叫著告訴羅瑪暄不要聽，怕她聽多了就會相信。

後來我主動掛上電話，她一定不希望我看到她的難堪。我唯一能做的，只有留給她僅存的尊嚴。

好像從縫隙中窺見了她急欲遮掩的不堪。可馨曾經淡淡地說「距離產生美感」，無法修復的關係，越靠近便鬧騰得越厲害。

羅瑪暄就在反覆上演的荒唐中，一點一滴失去所有顏色。

即使透過螢幕，也不難看出那雙淺色眼睛逐漸失去焦距，步步瀕臨邊緣。

後來她連頭像都變爲灰色的。我們買下Sunshine和Rain那天一起換了頭貼，用同樣的構圖拍下握著香水瓶的模樣，成爲另一個隱晦的祕密。看著她無聲無息地撤換頭貼，感覺心中屬於我們的那座島也缺了一角。

「妳的頭貼……爲什麼換掉了？」我還是忍不住開口。

「我怕給妳帶來困擾。」她脫口而出，眼睛像是看著很遠的地方，「我媽她……」

她忽然意識到什麼，遂閉上嘴巴，「沒什麼。」

「羅暄暄妳可以告訴我，不要再一個人躲起來。」我不自覺提高音量，她將我推開的距離更讓人心痛。

「我以爲我們可以相互理解，爲什麼妳要把我推開？」

「妳應該更懂啊，溫珞珞。」她扯開嘴角疲憊地笑了，「妳也有不希望被別人知道的事情。」

耳機裡傳來嘆息，羅瑪暄緩緩閉上眼睛，再張開，我看見有什麼在她眼裡隕落。她的雙瞳變爲一種漆黑而幽暗的深色，拉著我不斷下沉。

「即使妳能理解，我也不希望妳看到這麼不堪的自己。」

後來，她的訊息變得更少了，我經常在半夜回過神來才發現自己在發呆。窗外一片漆黑，我從握著手機的姿態漸漸明白，自己是在等羅瑪暄的電話。

即使約定出遊的日子慢慢靠近，她在群組裡也不發一語，若琳在對話中再三標記她，她才匆匆地說了句「家裡有事」，之後便不再出現。

可馨和若琳都分別傳過訊息問我羅瑪暄怎麼了，但我眞的不知道。

寒假期間，我跟若琳爲了傳播營的說明會回過學校幾次，假期的校園肉眼可見的冷清，寂寥被具體化放大。

晚上只有我們倆睡在宿舍，既熟悉又陌生。

空著的半邊寢室像黑洞，會吸走所有的歡聲笑語和光，視線也被引力拉扯，無可抑制地看向窗外透出的瓷白月光，灑落在對向空蕩的床鋪。

我又開始在半夜醒來，但這次沒有人在走廊盡頭等我。

回台北前，我繞去日落電影院，忽略老闆娘眉飛色舞的介紹，逕直買下Sunshine。柳橙、橙花、風信子和香根草，最後以雪松作結。我不用看就能誦出香調，不用壓下噴頭也深刻記得將會揮灑出來的香氣。

金黃色的柳橙、太陽曬暖的被窩、日落溫煦的顏色——專屬羅瑀暄的味道。

難以成眠的夜晚悄悄滋長成我無法掌控的模樣，我把香水壓在胸口，像是要把香氣埋進體內。

我只是想要擁有她的一小部分，好像這樣就能走到更靠近她的地方。

不知從何開始，訊息從已讀變成不讀，LINE的語音通話鈴聲再也沒有響起。我退一步用更傳統的方式試著找到她，但撥打過去的電話最終都會轉進語音信箱。

偶爾斷裂會突然銜接起，她會從我傳的十幾則訊息裡挑選幾則回覆。

原先覺得通知太吵，總是把手機關成震動或靜音，現在的我反而把通訊軟體的提醒音開到最大，養成鈴聲響起就會點開聊天室的反射動作。

在她消失之前，我趕緊約好下次通電話的時間。她傳了個OK的貼圖。約定的時間到來，我滿心期盼的在書桌前正襟危坐，然後按下通話鍵，終於有了正當理由可以不斷撥出電話，不必擔憂我的別有用心被發現。

打到第三通時，我忽然發現自己看不見盡頭。

那天晚上，我握著手機入睡，每一次震動都會將我從睡夢中驚醒，可每一次都不是她。

接著一次又一次，她都沒有出現，同樣的場景重複上演，我甚至懷疑這是另一場無盡的夢。

剛開始她還會道歉，挖空心思換不同的藉口。到後來，她的字句無可奈何地朝同個方向聚攏，指向每晚敲著她房門的風暴。

我的心情也隨著她的時而出現、時而斷裂起起伏伏，最後連生氣的力氣都消失殆盡。空蕩的胸口只剩滿滿的失落，還有她悲傷的笑容。

就像她擁抱了小時候的我一樣，我也想接住不斷下墜的她，但她卻一再把我推開。

我知道她深陷其中，比我自己破碎上千百倍，可是我無能爲力，只能咬著牙，祈禱時間流逝。

等到開學、等到我們都逃離這團泥沼，不再煩心，一切都會回復原狀。

我只能眞切地說服自己相信。

☀

「妳在等誰的訊息嗎？」

在我第三次拿起手機確認空無一物的通知欄時，若琳終於忍不住開口問我。

毫無懸念的開學了，終於不用透過螢幕就能見到羅瑪暄，可訊息的頻率並沒有隨之提升。她仍會不經意露出空洞的神情，她的聲音、表情、一舉一動都好熟悉，也好陌生。

「妳最近很常這樣，而且老是一副心不在焉的樣子。」若琳平時大剌剌，在某些地方卻意外的有著纖細敏感的一面。

「妳有喜歡的人了？」

「沒有啊！」我佯裝瀟灑，將手機推到桌子邊緣，仍克制不住再瞄一眼的衝動。

「妳知道喜歡一個人會經過什麼階段嗎？」她精明的眼神和平常瘋癲的樣子完全不同，「在意、忌妒、生氣，最後是難過。妳現在是哪一個階段？」

手機比我反駁的話語更快響起。

羅瑪暄在群組發了則訊息，說今天要和國中同學一起吃晚餐。放眼整間學校，她應該也就只有那一位國中同學。

她和高睦恩並肩坐在流星雨下的畫面忽然歷歷在目。

我點開我和她的聊天室，早上傳的訊息仍然沒有已讀。

若琳的聲音變成背景音，朦朧聽見她要我傳剛剛拍的筆記，滑著照片的時候，不小心碰到一旁的滾軸，相簿猛地滾動，用力撕開殘存的偽裝，我看著相簿的最底端——和羅瑀暄的第一張合照。背景是田徑場上的草地和各色紛雜的人群，我們臉上帶著浮誇的妝容與微笑。

我曾以爲這些象徵性的紀念，只會埋藏在手機的記憶體底部，等到手機容量不夠的時候，一併轉移到電腦或硬碟。但我總是反覆翻看，早已熟悉得就算閉上眼，也能準確指認出每張照片的順序。

酸澀的感覺從鼻尖蔓延至眼眶，我看著她的笑臉映在螢幕，終於承認自己全盤皆輸。

我眞的眞的，好想念她。

一直以來都是她接住我，也許這次，該輪到我先伸出手了。

握著寢室的門把，我深呼吸幾次，才準備好打開門。

羅瑀暄弓著身子縮在椅子上，呆滯地盯著手機螢幕，我鼓起勇氣走過去。

「羅暄暄，晚上要不要一起去看超級月亮？」

「超級月亮？」

她下意識把手機往身後藏了藏，螢幕似乎不斷閃動著來電，但我也沒有看得很清楚，眼一眨選擇忽略，再張開時也錯過她消失在須臾間的表情。

「對呀！妳不是想看嗎？新聞說是今天晚上十點四十分左右。」我急迫地抓住話題的尾巴，「我們一起看吧！就在上次一起看煙火的地方。」

她的眼神飄忽，半晌才爲難地開口：「今天系籃要練習……」

「沒關係啊！我們就約妳練習完好了。」我打斷她，爲了不要讓她感到壓力，還搬出後天才要開的會，「我們也要開傳播營的討論會，結束的時間差不多啦！」

她定定地看著我良久，若有所思，終於緩慢地點了點頭。

「到時候妳再跟我說發生了什麼事。」我說得很快，不給她機會拒絕，說完立刻轉身逃開。在轉頭的瞬間，還是瞥見她無力的笑了笑。

「不要多想。」

不要多想，我反覆在心裡默念這一句話。

從每一個不安的情境逃走，假裝擔心的事物不存在便不會受到傷害。

到頭來只是自欺欺人，但我甘願不要醒來。

夜晚比想像中更快到來。

最後一堂課結束，若琳伸了個懶腰，問我要不要一起吃晚餐，我搖搖頭說自己有約，便走去圖書館，打算寫通識課報告，打發我說要開會而捏造的三個小時。

一個小時過去，螢幕上還是一片空白，游標的閃爍彷彿在倒數著時間，我在電腦前坐立難安，最後還是決定起身。

我走入小徑，坐到榕樹旁一顆扁平的石頭上，看著身旁比人還高的草叢隨風飄搖。天色已經暗了下來，星光一點一點出現。這裡是我們共同擁有的祕密，好希望過了今夜，她所有隱藏的祕密也能讓我共同承擔。

約定的時間到了，小徑的入口空無一人。系籃加練也是常有的事，我哼著歌，雙腳胡亂搖晃，並未放在心上。

我們的對話還停留在昨天，我傳了她最喜歡的男團表演影片，過了幾個小時，她才回覆一張眼冒愛心的貼圖。

最後，我還是忍不住撥了通電話給她。

等待接通的那段時間，漫長的嘟嘟聲像是隧道，在無盡的漆黑之中前進，過了很久，隧道盡頭的光消失了，我知道這通電話跟寒假打過的無數通一樣，結尾終歸於虛無。

腦袋開始飛速運轉，我想著她練完系籃汗水浸溼半件衣服的模樣，她向來討厭渾身黏膩，大概是回去宿舍沖個澡、換件衣服再出門。

對，一定是這樣。

深陷在純粹的黑暗中，只有手機螢幕的光微弱地映照在臉上，不絕於耳的蟲鳴襯得周遭更爲寂靜。我再次撥出電話，用盡全力克制指尖的顫抖。

「喂？」

「瑀暄回宿舍了嗎？」

「還沒啊？」若琳的聲音滿是疑惑，「她今天不是要練系籃嗎，妳沒傳訊息給她？」

「嗯啊，我們有約，但是她沒接我電話，我想說她是不是先回宿舍洗澡了。」我盡量讓語氣一派輕鬆。

可馨的聲音模模糊糊地出現在背景，話筒那端陷入沉默，只聽得見若琳緩緩的呼吸聲。

「溫溫。」若琳小心翼翼地開口：「瑀暄大概不會去了。」

「可馨她男朋友說，他們兩個還留在球場。」

「不用等她了啦。」可馨的聲音冷不防闖了進來，說出的字句比她的語氣更加冰冷，「全系的人都知道他們兩個在搞曖昧。」

一陣騷亂，若琳奪回話語權，但她說了什麼我都沒聽進去，茫然地點開和羅瑀暄的聊天室。

沒有一則訊息，沒有任何解釋。

電話想不接就不接，她想不來就不來，我從沒想過我們的關係也是她想放手就可以放手的。

高中時，朋友要和恐怖情人提分手，我們一群女生圍成圈傷透腦筋，怕對方糾纏不清。朋友眼淚汪汪地問分手要怎麼定義，不知道是誰說了一句：「就跟他說分手然後封鎖，不用他同意。」

那時我第一次知道，兩個人的感情可以單方面決定結束。

可是我們甚至沒有在一起。

隔天，她拿著兩杯觀音拿鐵來找我說話。

「抱歉啦！我留下來加練，沒聽到妳的電話，後來若琳說妳回宿舍了。」

我沒有對她發脾氣，連一點多餘的情緒都沒有表露，因爲她先來找我了。

觀音拿鐵是她喜歡我才跟著喝的飲料。因爲她，我站在飲料店前總是反射地說出這個品項。我好怕一放手，我們的關係就連這種微薄的連結都沒有。

喜歡讓人變得卑微，我只能默默等待她偶爾想起我而轉頭的時候。

我就在這反覆不對等的關係中逐漸失去自身的形狀。

「妳生氣了嗎？」她拿著飲料的手還懸在半空中。

「對啊，妳很靠北耶！妳知道我在那裡等多久嗎？」我佯裝動怒，然後才回以微笑，「我超生氣，所以這兩杯都是我的。」

她露出如釋重負的笑容。擠上我椅子的動作和平時無異，但我就是感覺有些地方不一樣了。

不論是我們，還是她。

我能感覺得到，平穩而美好的日常，正一點一點崩塌。

☀

她的失神沒有隨著遠離寒假而好轉，發呆的次數反倒增加了。有時候半夜醒來，習慣性偏頭看向她的床鋪，發現她坐在床上，背對我望著半掀的窗簾發呆。她的輪廓模模糊糊的和黑暗融爲一體，但她不再走出寢室，我也無從延續當初在走廊盡頭的時光。

羅瑀暄反常的狀態持續了好幾天，但似乎只有我注意到。在寢室，她一如往常的和若琳、可馨說笑，若無其事的樣子讓我更想開口詢問，卻總是找不到時機。

直到有天我提早下課，走進寢室時和正要出門的她擦肩而過，我只看了一眼，心便猛地一沉。

突然明白她當時爲什麼能一眼就在鳳凰大道上看出我的窘迫。無處可去是有形的，會從疲憊的眼睛、拖沓的步伐和苦澀的背影滿溢而出。

「羅暄暄。」我用盡全力才能開口叫住她，「妳要去哪？」

「我……去練球。」她的眼神閃躲，扯了個不像樣的藉口。

「現在？」我回頭看著窗外接近正午的陽光，她則咬著下唇。

「妳……妳還好嗎？」

「我沒事。」

忽然一陣狂風吹過，捲起桌上的書頁，幾片落葉隨著風從落地窗的縫隙飄進，攪亂了我們面前的凝滯。她忽然就笑了，好像又變回那個羅瑀暄，在雨夜裡對我伸出手的羅瑀暄，灑落在我床頭的陽光。

「妳不要知道，這樣對妳比較好。」她的嘴唇掀動，聲音被風帶走，飛到離我很遠很遠的地方。

風逐漸平息，我盯著她回歸靜止的嘴唇，甚至不能確定她有沒有開口。

她笑著，往前一步踮起腳尖，伸長手臂摸了摸我的頭。掌心落下之際，她也親手封閉了自己。

「我希望妳快快樂樂的，不要被扯進多餘的事。」

關上房門的那一刻，我情不自禁地走到小陽台，毒辣的陽光毫不留情地刺痛我的雙眼，我瞇起眼睛，拚命往樓下看，很努力辨認屬於我的那束陽光。

我看著她走出宿舍，在正午的烈日下漫無目的地走著，就這樣一直走著。

只遠遠地看一眼，我便頓時失去所有力氣。

不知道在哪裡看過一句話——心情不好的時候，看到天氣晴朗反而覺得更糟。陽光普照的天空不會下雨，所以不需要打傘，但也無雲遮擋炙熱的陽光，只能曝曬在其中。

在萬里無雲的天空下，有時也會被壓得喘不過氣。那個照亮我的她，有時也會感到絕望。

我的陽光，正在我看不見的角落緩緩死去。

汗水順著額邊流下，回過神來才發現，我穿著拖鞋就跑出宿舍。

她走進我的雨季將我拉出，我以爲她是我的太陽。我現在才知道，她照亮我的光是燃燒自身而來的，如今我也想陪著她曝曬在烈日之下，成爲她得以棲身的陰影。

我幾乎毫不猶豫地走到小徑，這裡是我們的祕密。

但是越往前走，不安的漣漪就越大。

我無聲地走到大樹之下，模糊的字句從前方傳來，我屏氣凝神，兩個人的聲音相互重疊。

透過枝葉的縫隙，我看見在腿上互相交疊的手，他的手骨節分明，比我大得多，可以很好地包覆一顆受傷的心。

我扶著樹幹的手微微顫抖，感覺自己正在失去最後一片立足之地。

羅瑀暄在哭，臉埋在雙手裡，無聲的啜泣。

高睦恩坐在她身邊，輕拍她的肩膀。那曾是我的位置。

我在樹下站了很久，很想知道怎麼回事，但我們早已不是可以輕易靠近的關係了。

看著他們相倚的光景，我感覺自己像個局外人，無法輕易介入兩人之間。

「下星期回家的時候，我陪妳一起。」

樹影搖晃，陽光透過被風吹開的縫隙橫衝直撞，刺得我睜不開眼。他的聲音一字一句清晰地穿透我，「至少在我面前阿姨就不會太超過。」

眼前還留有太陽的殘影，黑色的光點圈圈圓圓，在視線所及之處拉扯得天旋地轉。我用力壓著空蕩卻翻湧的胃，身體裡的所有都在尖叫著要傾倒出來。

羅瑪暄含糊不清的說了聲好。

暈眩接連襲來，她極力隱藏的那個家，他卻可以輕易踏足。

離她最近的那個人，爲什麼不是我？

陽光驅散了我的雨季，萬里無雲的天空不會下雨。然而過於炙熱的溫度，也能傷害太過靠近的人。

太陽過於刺眼的光芒，本來就無法直視。

再次睜開眼睛，依舊是潔白的天花板，但離得很遠。

我坐起身，白色的被單從身上落了下去，目光所及之處不是大地色的寢室，而是潔白的醫務室。

嘴唇乾澀，灼燒的感覺一路漫向喉嚨，我轉頭看向床頭邊的矮櫃，在找到水瓶之前，她先找到了我。

一旁的簾幕被拉開，羅瑪暄拿著礦泉水走進，她的鼻頭還殘留著一點紅。

「妳昏倒了。」仔細端詳我的臉色，她皺起眉頭推著我的肩膀，把我按回床上，「阿姨說是中暑，要多休息、觀察。」

她坐在床尾，纖細的手掌貼在我的額頭，冰涼的感覺從肌膚相觸的地方一陣陣傳過來。

如今已是入夏的時節，在陽光下多站一會都會熱得蒸出薄汗，她的手卻一如往常的冰冷。

而我竟能被那樣的溫度燙傷。

再次沐浴在陽光之下，不再只是感到溫暖和救贖，太陽的光芒太過強烈，靠得太近也會將人灼傷。

「妳不是沒課嗎？怎麼不待在宿舍，在大太陽底下站那麼久？」

爲什麼妳聯絡他不聯絡我？

他已經是可以去妳家的關係了嗎？

爲什麼妳讓他知道妳家的事，而不是讓我知道？

思緒萬千，話到嘴邊又哽住，我們之間還是能過問這種事的關係嗎？

「全系的人都知道他們兩個在搞曖昧。」

可馨的話飄浮在空中，像殘影一樣緊緊追隨著視線所及。

我們喝著啤酒徹夜談心、擁抱哭泣，擠在小小的單人床上，依偎著度過一個又一個獨留宿舍的夜晚，如今就像是夢一樣。

眼前的羅瑀暄忽然變得好陌生，每次開口都要小心翼翼，我是如此在乎她、迫切想理解她的全部，同時又害怕知道更多她不讓我知道的事。

對於她，我已經不再知道什麼可以、什麼不可以。

因爲太喜歡，喜歡到變成膽小鬼，害怕只要向前就會失去她。

「妳爲什麼都不回我訊息？我要找妳一起吃午餐啊！」我強撐起微笑，試圖讓氣氛變得輕鬆一些，笑容卻在抬頭看見她的表情後凝固在臉上。

她移開視線，臉上的不自在清晰可見，雙手在膝上絞扭著，嘴唇微啟，但遲遲無法開口吐出任何一個字。

她是在思考能不能說，還是在思考能對我說多少？

方才覆蓋在額頭上的手此刻輕輕落在我的手背。沉默讓人無所遁形，我終於下定決心抽開手，感到指尖一節一節變得冰冷。

就連最簡單的問題，她也無法回答。

Chapter 07 最深處的光

梅雨季開始了。

每逢春末夏初的季節更迭，綿綿細雨就像不知輕重般接連數日地下。灰濛濛的水氣要掩蓋什麼都很容易，望出去就是模稜兩可的一片。

我就著雨聲寫報告，沒來由地感到煩躁，雨滴不斷落在屋簷上的聲音好吵。

羅瑀暄越來越不常待在房間，少了一個人便稍嫌空蕩的宿舍，似乎助長了雨水的喧鬧，寂寞的聲音也好吵。

我一口一口嚥下奶茶的餘溫，試圖驅趕這不合時宜的涼意。

我越來越常在校園各處看到她和他。雨聲猖狂地鑽進耳朵裡，扯著掌管疼痛的神經指認羅瑀暄。

魏如穎是營隊的教學組總召，我沒想太多就在副召的欄位填上自己的名字，好像把自己累得半死就沒有餘力悲傷。

我們從無止盡的課程檢討會裡掙扎著換氣，再被前仆後繼的軟體教學工具書淹沒，形成無限迴圈，載浮載沉。

我看著改了又改的規畫書，都快不知道自己到底檢討了什麼，又修正了什麼。日復一日，晚上走出系館，隊輔組或活動組的幾個人迎面走來，我們相互點了點頭，擦肩而過，都無力再多說什麼。他們拖著疲憊的身影走進教室，打開我們剛關上的燈，繼續未完的討論。

在這般緊湊的節奏下度過一天又一天，我和魏如穎很快變得親近。她的辦事能力很好，效率高且不拖泥帶水，更重要的是她公私分明，即使散了會，傳來的訊息也依舊圍繞著教學規畫打轉。

恰如其分的距離，讓我感覺被需要又不會受傷，正是我現在最渴求的關係。

一群毫無生氣的靈魂鄭重其事的開會，也只會是冗長並了無新意的例行程序。這週是綜合檢討，所有組別齊聚一堂，我們被迫坐在這裡，好像這場會議會有什麼重要的產出。上台發表的每個人都帶著平板而毫無起伏的音調，我恍惚覺得僅存的意識快要被抽走。

零零落落的掌聲將我從海裡撈起，而後是桌椅的震動，我睜開眼睛，迷濛地看著正要坐下的魏如穎。

「現在是哪一組在報告？」

「活動組。」她用氣音回覆。

「活動組？」我疑惑地重複，在看清講台上的人後瞪大眼睛，瞬間清醒，「啊完了！我要報告……」

「沒事啦！教學組的檢討很順利。」

她把被我摧殘得破爛不堪的課程計畫書還給我，我盯著上頭只有我才看得懂的鬼畫符，旁邊有幾行新的筆跡，端正工整。

「妳幫我……上台報告嗎？」我後知後覺地看著她寫滿筆記的檢討紀錄本。

「我看妳好像很累，就沒有叫醒妳了。」

對上她眼裡的柔波，頓時有股暖意從心底升起。我慌忙想道謝，一起身，蓋在肩上的外套就滑落到椅子上。那是稍早她還穿在身上的。

「不要太勉強自己。」她將外套塞進我手裡，溫柔從她溫熱的掌心滿溢而出，「妳可以再睡一下。」

她的語調有種令人安心的魔力，我才準備開口保證接下來的檢討會絕對全程保持清醒，疲憊感就將我淹沒，熬夜一個星期的後勁實在太強，思念的傷痛也是。

「好吧……」我咕噥著，慢慢將臉頰埋進溫暖的外套裡，「既然妳堅持的話……」

外套洗得蓬鬆柔軟，深吸一口，會漫出洗衣精乾淨的清香，還有一股淡淡的菸草味，稍稍撫平了我盡力壓抑的悲傷。

原來她會抽菸，原來我不太了解她。嗯對……她也不太講自己的事。

意識緩緩下沉，我半瞇起眼睛，思緒變得零碎跳躍。

她繼續看向講台上的報告發表，在轉頭之前，我瞥見她偷笑的側臉。

每個禮拜開會的時數超乎想像的多，但無論再怎麼充實的填塞生活，有些事情依舊可以順著縫隙流入，例如連綿不斷的雨、例如夢境。

夢到羅瑀暄之後我立刻就驚醒，坐起來倚著床板，聽著她的呼吸聲發呆，整整一晚沒再闔過眼。

天快亮之際，我恍惚看見她熟睡的輪廓，她的胸口均勻而平穩的起伏，一起一落，就像她曾經離得那麼近，又親手把我推遠。

似乎從看到她和高睦恩在一起的那天起，我就沒再看過她夜半清醒、呆坐在床上的背影。

下午，我帶著通紅的雙眼去找魏如穎討論課程修改處，一個早上還是不夠消去浮腫的眼皮，只能趕在她詢問前先開口：「換季的時候過敏眞的很討厭！」

魏如穎應了聲，沒有追問。

我打起精神，過濾多餘的情緒，準備再度投身於檢討筆記跟課程大綱的海洋。

羅瑀暄的臉忽然占滿我的視線。

隨身碟裡存著幾張本來要貼在羅瑀暄生日卡片裡的候選照片。那時我還沒接任教學組副召，隨意的把照片放在隨身碟裡，沒設資料夾，就跟昨晚忙得焦頭爛額時一樣，也隨意把檔案丟進隨身碟，沒有檢查，甚至沒有退出裝置就拔了出來。

那是上學期校慶時的照片，她畫著浮誇的妝容硬擠進鏡頭，突如其來的推力，把半個我擠出螢幕外，還沒調整好姿勢就按下了快門。她笑得很好看，我也就不在乎只照到半張臉。

現在放大所有細節一看，忽然覺得照片的構圖好像我們的關係，我可以騰出心裡所有的位置給她，就算會失去一部分的自己。

那時候的我們都沒想過如今會走成這樣。

魏如穎有些遲疑地看著我的電腦螢幕，我僅存的感官察覺到空氣的凝滯，在她出聲前就把自己喚醒。

「抱歉。」我立刻關掉照片，心臟跳得飛快。

慌忙的手花了點時間才找到正確的檔案，我試圖將注意力放回課程討論，但羅瑀暄的笑臉還浮在我眼前，被準備營隊的疲憊暫時壓抑住的悲傷忽然一擁而上，眼淚猝不及防地落下。

「我午餐還沒吃，先去買點東西。妳要不要喝點什麼？」過了一會，她從翻看筆記轉爲翻找背包，然後是椅子和地板的摩擦聲。

我如獲大赦般鬆了口氣，連忙搖搖頭，在她起身走出教室時偷偷擦去眼淚。

魏如穎只拿著便利商店的紙杯和一包便攜型衛生紙回教室。

「過敏的時候喝點熱的可以疏通鼻子，也可以拿來熱敷。」她把飲料和衛生紙放在桌上，輕輕推往我的方向。

那溫柔的眼睛頓了頓，接著補上一句，「喝個熱巧克力心情應該會好一點。」

熱氣從杯蓋的縫隙冒出，在本就飽含水分的空氣中，凝結成白色的蒸氣。

外頭還在下著細雨，討論繼續進行，她滾動滑鼠認眞地看起檔案，沒有說破我的眼淚。

第二次綜合檢討後，系上在熱炒店辦了聚會，啤酒叫得比菜餚還多，美其名曰「聯絡感情和慶祝初步定案」，事實上是每一個人都需要藉著酒精舒緩緊繃的神經，暫時逃避無盡的企畫書、開會和檢討。

羅瑀暄也在四人群組傳了訊息，說要和國中同學吃飯。

那是我最後一個清晰的印象，接下來的場面混亂而模糊，越來越多的空酒瓶被堆在身旁的桌上。我只記得，當大家喊著乾杯的時候，我就會跟著一口氣喝光杯子裡的啤酒。

直到眼前的人影有些模糊，意識已經跟不上身體的動作，我才搖搖晃晃地走到店門口透氣，每一步都有些輕盈和飄然。

走出自動門，迎面而來的不是想像中清爽的風，而是溼黏的空氣。飽含水氣的悶熱籠罩，天空開始飄下細雨。

「妳還好嗎？」菸草味沖淡了迷醉，隨之而來的安心感將我從頭到腳淹沒。魏如穎跟著我走出店門。

「嗯，沒關係，我沒事。」我開口，發現連呼吸都是酒精的味道。

「我送妳回宿舍。」她伸手扶住搖搖欲墜的我，「十二點了，喝醉的人單獨走夜路很危險。」

「我不想回去。」

魏如穎低頭對上我的眼睛，她總是沉靜的眼底變得一片慌亂，「喂、妳、妳不要哭啦！」

看她手忙腳亂地翻找衛生紙，我愣了愣，伸手摸到臉上一片冰涼。

意識不清會讓人變得脆弱嗎？

「我不想回去。」

酒精、眼淚和疲憊同時襲來，我只能一再重複這句話。眼淚沿著鼻尖滴落，在地上暈出一小片深色汙漬。

「那……要來我家嗎？」

世界微微開始旋轉，魏如穎的聲音像是從很遠的地方傳來。

眼淚模糊了視線，抬頭也看不清她的表情，但我仍無可抑制地點點頭。

在那個飄著細雨的夜晚，我跌跌撞撞地闖進魏如穎的人生。

她的套房小而乾淨，屋內的陳設與裝飾看起來都花了不少心思，空間一體相連，但仍然能看出區分。床旁邊放著懶骨頭和地毯，電視前還擺著一張簡易的木製矮茶几，儼然是個小型客廳。架子、衣櫃和床板是不同深淺的原木色，地上鋪著木頭地板，最大的一面牆刷著淡淡的灰藍色。

走出小客廳旁的落地窗有一個小小的陽台，窄得僅能供一人通行，但以學生負擔得起的套房價格來說，這樣的條件簡直是奢侈。

「這些都是妳一個人布置的？」

擺在床邊的矮櫃，鋪上小桌巾並擺上貝殼狀飾品盤，透過一旁的工業風小油燈一照，格外有氣氛。

「一個人住在外地，就算再窮、房間再小，也得讓它有點家的感覺。」

她打開米白色的衣櫃翻找，遞過一套衣物，「妳先穿我的睡衣吧，衣服可以先放洗衣籃，我等等一起丟洗衣機，明天應該就會乾了。」

魏如穎的睡衣滿是洗衣精的香味。

我洗完澡之後換她走進浴室，就著水聲，我環顧四周，原本看起來狹小的空間，一個人卻又稍嫌空曠了。

木頭地板上散落著魏如穎在我洗澡時折到一半的衣服，我不小心瞥見還沒收拾好的內衣褲，臉上沒來由的一陣燥熱，連忙移開視線，我們還沒有熟悉到可以看著彼此洗完澡、圍著浴巾直接走出來的模樣還面不改色。可我現在卻在魏如穎家。

我是不是太衝動了？

我回頭看向那張床，雖然她一個人住，床鋪卻大到可以在上面盡情翻滾。想到待會我們要一起躺在上面，忽然覺得有點彆扭。

「妳在幹麼？」魏如穎擦著頭髮走出浴室，不解地看著我在地毯上喬好一個位置窩著。

「準備睡覺？」

「是我帶妳回來的，怎麼可能讓妳睡地板？妳跟我一起睡吧。」她邊說邊爬上床，掀開棉被，「有什麼好害羞的，都是女生。」

她的一席話點醒了我混亂的思緒，我連忙鑽進棉被裡，企圖掩飾我的侷促不安。是啊，擁抱、牽手、穿彼此的衣服、躺在同一張床上過夜，女孩間再正常不過的相處。

但唯一一個和我如此親密的人是羅瑪暄，是我無法用純粹眼光看待的羅瑪暄。

寢室裡羅瑪暄睡在同一側的對床，我們之間只隔著一條樓梯。在那個小小的、擁擠的宿舍，好像就是全世界了。

「魏如穎。」我忍不住朝黑暗中喚了一聲。

聽見背後的人轉過身來，被子和皮膚摩挲的聲音，在一片漆黑中格外清晰，還有她的呼吸聲和我的心跳聲。

「怎麼了？」

「我喜歡上一個女生。」

「嗯?」我感覺到她靠得離我更近了,「爲什麼突然跟我說這個?」

再不說出口好像會爆炸,趁著酒勁我一鼓作氣,在勇氣盡失前傾倒出全部的自己。

「我喜歡上女生喔!很奇怪吧?系上的人說我很假的傳聞也沒說錯,我就是個怪人,而且一直在騙人,還想假裝自己很正常。」

沉默是漫長的煎熬,爲了塡補空白,我張開了嘴,以免在濃稠的黑暗中窒息而死。

她的聲音比我先出現,擦過耳邊之際,像漆黑中忽然竄出的火花。

「我覺得妳很勇敢。」她緩緩的說,略爲低沉的聲線,撫平了我的心跳,「要承認眞的很勇敢。」

意料之外的回答,魏如穎的體溫慢慢傳遞過來,積累已久的情緒壓過意識,吵著傾巢而出。

「可是她不喜歡我,她好像喜歡另一個男生。」

悲傷翻騰傾瀉,淹沒眼睛和嘴巴,我艱難地開口,浪潮卻不停灌入。

我蜷縮成一團摀著胸口,指尖、眼眶和聲音都不住地顫抖,「我不知道怎麼辦,她好像永遠都不會喜歡上我。」

魏如穎沒有接話,只是伸手從背後輕輕擁抱我,「妳眞的很勇敢。」

這是我在沉入水底之前,聽到的最後一句話。

事實上我沒有她所說的這麼勇敢。

荒謬的一夜過後，我在魏如穎的小套房多住了三天，才攢足勇氣回到宿舍。打開房門，她在和我四目相接的時候愣在原地，沒有人開口，尷尬瀰漫在空氣中。

「妳……」羅瑪暄欲言又止，表情細微地變化了幾次，最後故作輕鬆的開口：「妳怎麼不回宿舍也不說一聲？」

她還想問些什麼。我一眼就能看清她的手足無措，她也跟我一樣小心翼翼，斟酌著每一次開口的字句。

我們之間是什麼時候變成這樣的？

這麼多祕密、這麼多顧慮、這麼多說不出口。

「因爲要辦傳播營啊，每天都有開不完的會，還有課程檢討，所以睡在系辦或搭檔家比較方便討論。」

「啊，原來是因爲營隊喔！」她瞬間放鬆下來，笑容又爬上她的兩頰。

「若琳也每天不見人影。妳不回宿舍怎麼不說一聲？可馨每次買宵夜回來都吃不完。」

她語調切換得輕快，好似平常懶得洗枕頭套的習慣，任性的翻個面，就能將不想面對的事情一併掩蓋住。那些矛盾的情緒、尷尬和無以名狀的彆扭，好似昨夜裡的一場夢，一覺醒來，又可以若無其事的靠近。

「妳也不會主動傳訊息給我啊！」

「什麼？」她抬起頭的瞬間，訊息通知恰巧亮起，我看著高睦恩的頭貼在她的電腦螢幕上閃爍，一明一滅。最幽暗的深處反而加深了決絕，再次亮起之際，我順勢將自己從她身邊連根拔起。

從小陽台灑進的陽光正好，我笑了笑，把想說的話揉成一團扔出窗外，「沒事。」她背過身打字的時候，無盡的夜晚忽然傾倒在我們之間，那是怎麼伸手也到不了的距離。

我們窩在只有彼此緊靠的小島上，並著肩一起等待黎明的時光，只是將黑夜延遲到看不見的地方，一旦轉過身又會襲來。

我以為我等到的是日出，如今卻目送著世界沉進大海。

我的光都是從羅瑀暄身上偷來的，失去了太陽就無法恆亮。過去的美好像稍縱即逝的煙火，終究會隕落，我已然成為下墜的餘燼，再怎麼努力也照不亮她深沉的悲傷。我忽然明白，有一些隔閡與持之以恆無關，也和等待無關，向陽而行的路徑越走越荒涼，她早已抵達一個不需要我的地方。

我下定決心，那座只屬於我們的島嶼就此沉沒了。

☀

學期過半，暑假和營隊緊隨其後，我如願以償的累到沒有餘力悲傷，多餘的水分從皮膚表面蒸發，就不用擔心會不自覺從眼眶落下。

魏如穎一伸手就輕而易舉地拉我進她的世界。

除了聚在廁所裡一搭一唱的小團體，系上的人其實都十分友善，只是缺少了相識的契機，魏如穎稱職地搭起那座橋梁，塡補起我因爲總待在宿舍裡，而與系上脫節的斷裂。

跟不同的人相遇、相互熟悉，我漸漸學會不再畫地自限，也學會踏出舒適圈，迎向更寬闊的世界。

對魏如穎打開心扉以後，我更頻繁地踏入那間小套房。

「妳跟她還好嗎？」

魏如穎躺在我的右側，我們剛剛看完電影概論老師指定的文藝片作業，此刻需要討論一些眞實的事情，免得就此迷失在接踵而來的意象和隱喩裡。

以傳播營爲由，大多時間我都睡在魏如穎的小套房，一個星期會回去宿舍兩、三天，把逃離隱藏在這樣的頻率裡。

「本來就沒有怎麼樣，是我自己覺得尷尬罷了。」我停頓了一下，最後還是決定說出口，「但我已經決定要放棄了。」

「這麼突然？」床鋪震動，我感受到魏如穎側過身盯著我看的視線。

「也沒有很突然，我已經考慮一陣子了，只是一直下不了決心。」

「發生了什麼事嗎？」

「不是因爲發生了什麼事，而是所有事情。」

長吁一口氣，感覺所有嘆息都會在漆黑中成形。

「因爲太喜歡了，所以小心翼翼。喜歡一個人不該這麼戰戰兢兢。」我停頓了下。「而且她應該已經不需要我了。」

樹下的午後，他們倆靠得那麼近，十指相扣時看上去如此和諧，他可以理所當然地待在她身邊。

「那個人比我還要了解她的傷痛。她不肯跟我說的，他卻一清二楚。我只是自以爲很了解她，沉浸在屬於我們的小祕密裡，但我知道的不過是冰山一角，她離我還好遠好遠。」

看不見好像就能毫無保留，魏如穎安靜地聽著我潰堤。

「一廂情願顯得我好悲慘。」

「妳不後悔嗎？沒有告訴她妳的心意？」魏如穎又朝我挪近了些，而我依舊盯著眼前的一片黑暗。

「如果沒有結果，還不如盡早斬斷。」

注定沒有未來，就讓她停在最美好的時候吧。至少回想時，我們都還是笑著的模樣。

「我怕有一天，我的喜歡會藏不住。」眼淚裝塡得太滿，翻身就會傾落，所以我遲遲沒有轉頭面向魏如穎。「她已經很辛苦了，我不想造成她的困擾。」

「我明明都已經準備好要放下了，眞的。」來不及打住，語尾隨即轉換爲顫抖的嗚咽，「怎麼還是這麼痛？」

心臟一陣酸澀，毫無防備，提起她的時候就會侵入我的氣管，擴散至血液。

順著床單和棉被之間的縫隙，魏如穎的手找到我，然後握住，溫熱的體溫在黑暗中順流而上，蒸發了我所有的眼淚。

幾次深夜談心下來，我和魏如穎變得無話不談，除了準備營隊，也會一起做作業、準備考試和吃宵夜。偶爾想喘口氣的時候，也會在半夜溜出門散步。

跟魏如穎待在一起的時間，漸漸比我待在宿舍還要久。

晚上回系館拿東西的時候，系上的核心團體正在慶生，刮鬍泡漫天飛舞，每個人身上都沾了好些，看不出誰才是主角。

我們小心避開狂歡的人群，夜色下炙熱的氣氛比喝了酒更加迷醉。

「其實今天也是我生日。」好不容易鑽進系館，搭電梯時魏如穎突然開口。

「啊？妳怎麼現在才說？」我打開手機螢幕，八點四十七分，再過幾個小時今天就要結束了。

「本來也沒有什麼特別的感覺啦！只是剛好看到她們在慶祝。」她聳聳肩，滿不在乎地走進教室拿她落下的剪輯腳本，「我本來就不太過生日。」

瞥見我疑惑的眼神，她補充說明，「我跟我妹的生日只差幾天，所以我們家都是在她生日那天一起過。久了以後，自己生日反而不太會特別做什麼。」

「可是妳聽起來很想在生日這天做些什麼耶！」

「對啊，就做剪輯入門作業囉！」她晃了晃手上的筆記本，巧妙避開我的話，按下電梯的下樓鍵。

慶生活動還在繼續，爲了避免被水球波及，我們坐在系館裡等了一會。

一張張沾滿刮鬍泡又被水糊溼的臉從眼前跑過，笑得像是擁有了全世界。我忽地想起上個學期室友們幫我慶生的光景，讓我落淚的不是蛋糕或氣球，而是被人重視與惦記在心的感動。

歡聲笑語隨風飄揚，看著魏如穎凝望系館前不斷晃動的人影，眼前緩緩浮現出她說不在意的時候，眼神短暫飄移的畫面。

忽然很想爲她做點什麼。

「既然是妳生日，至少要做點什麼啊！」我拉起她的手，一鼓作氣站起身，「買個小蛋糕，或是吃頓好的。」

「我來幫妳過生日。」我自信地踏出系館，餘光瞥見她的表情從驚訝轉爲淺淺的笑意。

然而，我的信心滿滿很快就被打回原形。

今天偏偏是星期日，店家不是公休就是提早打烊，宵夜街上只剩下一家台式家庭牛排館還亮著燈。

「對不起喔……信誓旦旦說要幫妳過生日，最後只能吃這種東西。」看著鐵板上的三色豆，我誠摯的道歉。

魏如穎用叉子將蛋翻了面，在迷濛的蒸氣裡看起來心滿意足。

「沒關係，我很喜歡。」

吃完鐵盤裡附贈的麵條之後，刀叉轉向主餐的肉排。

「我跟我妹的生日只差幾天，所以從小到大爸媽只會買一個蛋糕一起慶祝，雖然禮物會準備兩份，但是許完願我妹總會吵著要吹熄蛋糕上的蠟燭。然後爸媽就會說，我是姐姐要讓給她。

「雖然長大後就不太會爭著吹蠟燭了，但是在我妹生日那天一起慶祝的習慣倒是沒有變，所以我已經習慣在自己生日這天不過生日了，也不會做什麼特別的事慶祝。」

魏如穎說得雲淡風輕，眼底卻閃過一絲落寞。

「妳要先對自己好，別人才會對妳更好。」看著和她不相襯的寂寞表情，我忍不住開口。

「也許在家裡不得以要退讓，至少在我面前，妳可以不用假裝。」

四目相交，她的眼底從微微波動轉爲如釋重負。

「謝謝妳。」然後她對著我笑了。

魏如穎切下一塊牛排，自然地放進我的盤子。難怪她照顧人的方式如此熟練。

「我的也給妳。」我連忙叉起切好的鮭魚排，伸手要放進她的鐵盤，她露出一絲狡黠的笑容，迎上前張嘴咬下。

「謝謝。」她笑瞇了眼睛。半舉在空中的手進退不得，只能草草放下。我低頭戳了戳盤裡的魚排，感到灼熱爬上耳根。

好啦！是我跟她說可以不用假裝的，如果這種小小的調皮是她的眞實性格，我好像得習慣才行。

還好餐後還附有甜點。趁著魏如穎起身裝飲料的空檔，我偷偷向店員要了根蠟燭，雖然只是一根再普通不過的紅色蠟燭，甚至毫無造型可言的筆直，隨意安插在焦糖烤布蕾上，看起來有點可笑，但魏如穎還是笑得像個孩子。

好像第一次窺見這樣的她。堅強而溫柔的外表下，她也不過是個渴望被照顧、期待過生日的普通女孩。

小小的生日慶祝過後，我們自然而然會相約出遊。到市區發掘好吃的餐廳、逛逛書店或是看場電影，就像一般的好朋友會做的。

週五晚上市區的人潮洶湧，但她每一次回頭都能找到我，所以我從不擔心走丟。對向的綠燈先亮了起來，一批皮鞋和高跟鞋前仆後繼，她回頭看了眼身後被人群推來擠去的我，然後牽起我的手。

女孩間的觸碰總是那麼容易，勾著手相約去廁所、分班了會抱成一團哭，親暱的觸碰信手拈來，是感情好的展現。然而魏如穎的掌心總是發燙，我漸漸意識到，這不像若琳逛街時會挽著我的手那樣單純，她的脈搏從交疊之處一陣陣的鼓譟，合著我的心跳一起。

那場電影我看得不怎麼專心。焦糖味的爆米花放在中間，她和我一樣嗜甜，隔幾分鐘就要塞一口到嘴裡，拿取爆米花的指尖在狹窄的方盒一進一出，手背和手背若有似無地交會，我忽視那微小的摩娑，但每一次都能感受到她的滾燙。

散場之後，魏如穎在電影院門口替我戴上安全帽，將每一縷髮絲溫柔地收合在安全帽之下，然後扣上。

她將我的手拉到腰際，我順其自然地靠上她的背，想偷嘗一點依賴的溫暖。但機車加速時，我還是無可抑制地想起羅瑪暄從背後環抱我的觸感。

在宿舍過夜時，我偶爾還是會在半夜醒來，卻再也沒有遇到同樣醒著的羅瑪暄。好像自從她和高睦恩變得親近，就不再睡不著覺。

我偶爾還是會在夜裡無聲的哭泣。

躺在魏如穎的床上，即使小套房與寢室格局完全不同，我依然可以張著眼睛在黑暗中描繪出她床位的輪廓，身體已然形成記憶，不自覺往熟悉的方向看去，卻沒有熟悉的身影。

獨自一人的時候、半夜醒來的時候、魏如穎睡著的時候，感覺又輕易陷入一片黑暗，悲傷又會不知輕重的侵襲心臟，喘不過氣。

不看、不聽、不接觸，還是阻止不了回憶的侵蝕，閉上眼睛，一幕幕過往就像壞掉的錄影帶重複播放。

☀

夜教活動辦在離後山最近的一片樹林，這是營隊的傳統。

爲了讓活動順利進行，我們場勘過好幾次，但不管去了多少次大家還是一樣興奮，一群人嘰嘰喳喳地走向後山，似乎都對這類型的活動感到興致勃勃。

不會孤身一人站在黑暗裡是何其幸運的事，爲什麼人們總樂此不疲的追尋黑暗呢？我走在隊伍尾端，越走往樹林的深處，就越像走入深淵。白日裡我小心翼翼隱藏，不洩漏一絲悲傷，但在黑暗中，視覺被剝奪，其餘感官悄悄放大，心臟還是會時不時抽痛。

意識又漸漸出走，我不自覺放慢腳步，等待熟悉的悲傷襲來。

「小心。」魏如穎的聲音驀然出現在耳際，一把抓住我的手臂。我低頭看著腳邊一片漆黑，差點就踩空。

蟲鳴鼓譟，交談的聲音逐漸離我們遠去。

方才魏如穎扶住我的手掌，往下滑至我的手心，自然地牽起，黑暗總是使人更加輕易的靠近。

已經聽不見大家喧鬧的聲音，只聽得見脈搏鼓動的頻率漸漸與她合而爲一。

她總是成功的將我從對羅瑪暄的思念中拔出，而且不會感到疼痛。

「我們落後了。不過沒關係，能跟妳一起反而更好。」

她說話的語氣沒有絲毫遲疑，彷彿看不清彼此的臉，就能輕易說出平時不敢說的話。沒有月亮的夜空格外隱晦，可以很好地藏起發紅的耳根。

「妳看那裡。」她突然指向我的腳邊，我還以爲又要踩空，提心吊膽了好一會，直到一絲幽靜的綠光升起。

「是螢火蟲耶！」我驚呼出聲，「好漂亮，我在台北完全沒看過。」

腳邊傳來潺潺流水聲，雖然是大排水溝，但是很乾淨。螢火蟲的光從水源處升起，點點綠光圍繞在我們之間，一明一滅，浮動的光點也映在水面跳躍。

在最黑暗的地方，反而會看見最原始的光亮。

也許人們奮不顧身地走進黑暗，是爲了抓住在漆黑中那些如微弱火花般的可能、那點微不足道的希望。

月光從雲層後方探出，魏如穎的眼睛在黑暗中格外明亮，滿天星斗都映在裡面。我忍不住靠近，那是我一直渴望的光芒。

「妳要不要跟我在一起？」

「什麼？」

我還有些恍惚，像是沉浸在水中，但我不想浮出水面換氣。

「我說，我喜歡妳。」她一字一句地說，激起一陣水花，「妳要不要跟我在一起看看？」

「我、我不知道。」回過神來的我下意識脫口而出。

我沒有鬆開握著的手，於是她緊緊扣上，夜空一瞬間就被她的笑容點亮，而我就這樣耽溺在她眼裡。

「至少這不是拒絕。」

上次是初步定案的慶功宴，這次是完成營隊準備的慶功宴，反正總要找個名目沉醉在酒精裡。

系上的人喝成一團，比平時更令人難以招架，不知道該怎麼拒絕那些善意的紅通通笑臉，只能盡量小口啜飲不曾空掉的酒杯。

清空的酒瓶最後被放在圓桌上旋轉——眞心話大冒險，炒熱氣氛的最佳選擇。

幾輪遊戲過後，酒瓶停在魏如穎面前。

「有沒有喜歡的人？」

「有。」

幾乎是不假思索，偷偷啜飲礦泉水解酒的我立刻被嗆得岔氣。他們正在興頭上，沒人注意到我的異樣，只有若琳靠過來拍了拍我的背。

「喜歡的人在我們系上嗎？」

又一個問題拋出。明明只能問一個問題的啊！我在心裡嘀咕著。但氣氛正熱絡，大家的八卦之心蠢蠢欲動，已經沒有人想管規則。

她抬起頭環顧了一周，目光在和我對上時稍稍停頓，接著她一口氣喝掉面前滿滿一杯的炸彈混酒。

現場氣氛頓時被炒熱到最高點，坐在她身旁的人忙不迭地再度添滿她的酒杯，剛剛提問的男生跳起來要她趕緊轉酒瓶，遊戲鬧哄哄的繼續進行。我聽見她身旁的人直說一定要再轉到魏如穎，雙頰的泛紅不知是因爲酒精，還是炙熱的氣氛和挖掘八卦的興奮使然。

「酒後眞的會變一個樣耶！」坐在店門口的台階上，笑鬧聲遠離了不少，我忍不住感慨。

「我聽說喝醉後會變一個人的，通常是本來就快壓抑不住，才會借酒裝瘋。藉著酒精痛快的大鬧一場。」魏如穎的聲音出現在門口，不知道她是怎麼脫身的。

「看來大家壓力都很大。」

我們並肩看著馬路上來來往往的車輛，涼風吹到臉上的時候，感覺也帶走了部分醉意。

「妳呢？」

「嗯？」我轉頭，發現她的臉靠得很近。

「妳有什麼要藉著酒精，才有勇氣開口或是去做的事情嗎？」她的眼神將我牢牢抓住。

「眞心話大冒險啊！」

突如其來的重量讓我差點跌倒，若琳大叫一聲撲到我身上，大波浪的髮尾在肩上彈跳著散亂開來，阻斷了我和魏如穎的視線。看樣子她完全喝醉了。

「我輸了，我選眞心話，溫溫妳要聽我的眞心話。」

「我去幫她買點醒酒液。」

魏如穎連忙起身走向不遠處的便利商店，把風暴留給我。

若琳埋首在膝蓋間，精心整理過的捲髮幾乎要碰到地上，再次抬起頭，已是眼淚婆娑。

「我知道妳有很多事情不願意說，也知道妳有很多悲傷。」她口齒不清的接連說出一大串話，摻合著眼淚變得更加混亂。

「妳前陣子過得很糟對吧？但我不敢問，好怕問了妳也只會說沒事，而我完全無能爲力。我好討厭看到妳強顏歡笑。

「但我知道，妳不告訴我是因爲我的生活過得太好，沒辦法理解妳的傷。妳只能告訴可以理解妳的人。」

我心頭一顫，沒有否認。

「只告訴羅瑀暄也沒關係，如果那樣是對妳最好的方式。因爲我眞的好希望妳可以快樂，妳値得這麼好。」

若琳又哭又笑地說著，她向來是個悲喜分明的人，該悲傷的時候就哭，該快樂的時候就開懷大笑。然而現在爲了我，悲傷和快樂都分不清了。

「我沒有妳說的那麼好。」我只說的出這句話。

「妳很善良，會認眞聆聽別人的煩惱，總是讓別人感覺到自己有被重視。」若琳一一細數。

酒氣漫上，她輕打了幾個嗝，還是執拗的繼續說下去，「我一直都很自責，是我太不會看臉色，才害妳受到沒必要的傷害，也害妳在系上的處境變得尷尬。」

「那不是妳的錯。」鼻尖一陣熱辣，我眨著眼睛抑制想哭的衝動。

「也不是妳的錯啊！可是妳還是很痛。」她的聲音幾乎飄散在風中。

「魏如穎對妳好嗎？」

那個總是開懷大笑又很吵的若琳，看得比誰都要清楚，細膩地捧起我的最深處。

「妳常常覺得自己很渺小、無足輕重，但有可能，妳早就已經是別人心中的太陽。

「溫溫，自私一點也無妨，不要老是爲別人著想，這樣誰來對妳好？」

她抓起我的雙手，眼淚掉在上頭，她卻露出一抹最燦爛的笑容。

「妳一定要快快樂樂的好嗎？因爲我最喜歡妳了。」

聽到魏如穎的腳步聲，我才把自己從宛若告白的場景中抽離。

「妳們感情眞的很好耶！」她尷尬的找不到容身之處，最後選擇在我身邊坐下，遞過解酒液給若琳。

「因爲溫溫是一個很好很好的人。」若琳用力吸著鼻子。毫不害臊的再度說出肉麻無比的話。

「妳太醉了，趕快喝一口。」聽著她的花式稱讚搞得我面紅耳赤，魏如穎還在旁邊啊！我哄小孩似地想用解酒液堵住她的嘴。

「沒關係，我吐完了。我要進去喝第二攤了。」她突然從地上跳起，將魏如穎給她的解酒液塞進我手裡，像一陣旋風颳進店裡。

「她眞的很瘋。」魏如穎看著她的背影消失在自動門後，拿過解酒液替我轉開瓶蓋。

「但她是很好的朋友。」

「妳們剛剛說了什麼？」

她不著痕跡地打量我，視線沿著臉頰的輪廓描繪，最後停留在通紅的眼眶。

「妳爲什麼會喜歡我？」我看著那樣的她，忍不住脫口而出。

她的雙眼瞬間沉了下來，空氣兀自沉默，久到我以爲她不會回答。突然間，她抬起頭。

「雖然妳在系上很低調，也不怎麼參與活動，但只要遇上喜歡的事情，妳的眼睛就會發光。」

我們四目相交，她的眼睛是沉靜的深色，彷彿能看進我的最深處。

「妳記得大一上第一個影視作業嗎？每個人都要寫一個劇本大綱來票選，小組開會發表的時候，很多人都是隨便交差，而妳有條不紊、雙眼閃閃發亮地講著自己的劇本。」

她一字一句說得很慢，像是在回憶些什麼，小心翼翼斟酌著情感。

我心跳很快，她的聲音聽起來無比清醒，思慮也相當周全，讓人不禁懷疑她究竟是醉是醒？

「那是我第一次聽妳說這麼久的話。」

「後來，我發現妳看著手機的聊天頁面眼裡也有光。我看過好幾次，都是同一個聊天室背景。那麼純粹而專一的，妳的快樂。」

「能被一個人那樣熱切地注視，肯定是很幸福的吧！我想我大概是喜歡上妳那樣的眼神。」

「魏如穎，我還……」我困難地開口，感覺快要被她眼裡的眞誠給淹沒。

指尖摸上我的臉，魏如穎溫柔而堅定地制止了我的後半句話，「所以，妳還放不下羅瑀暄也沒有關係，因爲我喜歡的，是那樣全心全意的妳。」

「只是我希望有一天，妳那雙發光的眼睛也能看向我。」酒精在體內發酵，昇華成一句句眞誠。

「希望有一天，我也能被妳那樣注視著。」

我轉頭，不去看魏如穎迷離又無比認眞的眼睛，眼眶仍無法抑制的發燙。

清晨打翻的陽光、雨後天青的初陽，羅瑀暄是我的向陽之處，是我不顧一切想要到達的地方。

她的所在之處就是向陽，向日葵一輩子凝望的方向。

一心凝望、執拗追逐，甚至於改變自己，我不顧一切想走到離太陽更近的地方，好像這就是全世界，卻從沒想過，我一直盲目跟隨，走到迷失自我時不堪的模樣，也能烙印在某個人心上。

原來也有人把我當作她的光。

Chapter 08 燦日

在那之後，魏如穎不再隱藏她對我的情感。我們更加理所當然地黏在一起。

我和羅瑪暄曾經的週末時光都給了魏如穎，她會騎著機車帶我到處蹓躂，藏在令人安心的背影後，我有時會忘記在前座乘風馳騁的日子。

忽然有點明白羅瑪暄爲什麼總是喜歡窩在後座——有人爲自己遮風擋雨的感覺眞的很好。

藉著田野調查作業的名義，我們一鼓作氣騎到花東海岸。

有別於西岸的細軟白沙，七星潭邊鋪滿了大小不一的平滑卵石，脫了鞋子像是踩在健康步道，我們齊聲哀叫，相互攙扶著走向海。

太陽還未升起，迷濛不清的視線，提供更好的理由讓彼此靠近，我們的身影很自然地交纏在一起。

「好歹是海邊嘛！」

在礫石與海的交際，魏如穎一屁股坐了下來，海風捲著浪的氣味吹送，她往我身旁挨了挨，氣息驀地靠近，能聞到她身上的淡淡菸草味。

距離日出還有段時間，海平線已經濛濛染上一絲柔光，模糊了天與海的界線。我們並肩坐在離海只有幾步的地方，海浪來回拍打，純白的碎沫偶爾會濺到腳背上。

我們有一搭沒一搭地聊天，話說完的時候就安靜地看著海。在魏如穎身邊總是很輕鬆，不用刻意讓話題延續，即使沉默也不覺得尷尬。

等待太陽升起的時候，我順手把玩起隨處可見的石頭，指尖一一滑過身邊的卵石，就著微弱的天光瞇著眼睛看，試圖挑出最漂亮的一顆。

我每放下一顆，魏如穎就撿起一顆。

「妳在做什麼？」我沒有停下動作，側頭看著魏如穎撿起我棄置的卵石，堆出一座石頭塔。

「妳知道嗎？把石頭堆起來可以許願喔！疊得越高，願望實現的機會越大。」

石頭塔在她開口說話的時候重心不穩往前傾倒，魏如穎有些懊惱地看著散落一地的卵石。

「我們來比誰堆得高。」從地上一躍而起，她已經撿了滿懷的石頭，轉身尋覓合適的位置。

我看著方才挑選石頭時在海灘上刨出的幾個坑，挑剩的礫石散落在一旁，全數被她小心翼翼地收妥在臂彎中。內心隱隱被觸動，都是我丟下的，她卻溫柔的一一細數。

「贏的人可以怎樣？」我看著她堅定決絕的眼神，心底微微波動。

「願望就會實現啊！」她一本正經地說著，我用力翻了個白眼，卻被她的真摯所感染。

親自堆疊才發現不如想像中簡單，很容易就會倒塌，反倒激起了我的勝負欲。最後我成功堆起一座疊了九顆石頭的塔。

石頭塔佇立在風中，我滿意地拿出手機拍了張照，背景是一片夢幻的紫色，隱隱透出一絲又一絲的天光，視線染上橘調一片朦朧，籠罩在層層迷幻的薄霧裡，恍若置身夢境。

「妳很厲害耶！」魏如穎湊了過來，下巴靠著我的肩膀，如此自然。

「我贏了吧！」我滿意地看著屬於我的石頭塔，「妳的呢？」

「我都堆不高，所以堆了好幾座，應該也可以提高願望實現的機會吧？」

我望向她身後遍地的小小石堆，最高的那一座也不過疊了五顆，忍不住噗哧一聲笑了出來，「也堆太多了吧，妳許了什麼願？」

「希望喜歡的人可以喜歡上我。」

她轉頭微笑，初昇的日光在她身後驟然炫亮，髮絲也被染得金黃，隨著她轉頭的動作，在我眼底畫出一道漂亮的弧線。我看著她，感覺心底的某一塊也被照亮。

「那妳呢？」

「說出來就不靈了。」我吐吐舌頭，試圖掩飾心底一閃即逝的動搖。

希望我可以早日放下羅瑀暄。

我用指尖輕輕碰了碰石頭塔，它在海風中搖晃了一下，依舊決絕的佇立，我就當作我的願望已經被挑中。

太陽已經完全升起，朝霧散去，天空澄澈得彷彿方才的迷幻是我們偷來的時光。

我轉身走向倚著機車的她，打算把羅瑪暄留在這片海灘。

我們開始同進同出，系上的人總是問我們什麼時候要在一起。魏如穎有時會板著臉要她們別鬧，但她的頭髮不夠長，遮不住灼紅的臉頰。

我有時會想，要是我跟羅瑪暄在同一個系所，要是身邊的人也這樣笑鬧起鬨，要是世界對女孩和女孩之間都像系上那樣寬容，我們會不會在一起？

「妳不要太囂張了。」

又是女生廁所，又是那個嬌小女孩，不過這次只有她一個人。

正要走出廁所時迎面碰上她，擦肩而過之際她忽然開口，音量不大，我知道她是故意要說給我聽的。

「之前黏著若琳，再來是林佑全，然後是那個拿法條嚇唬人的瘋女人，現在又是魏如穎？」

我下意識停下腳步，聽見她提起羅瑪暄，心臟還是無預警地抽痛了一下。

「妳還眞是操弄人心的高手啊！很會裝可憐嘛！」她嘲弄地丟出一句又一句惡毒的言語。也許是覺得上次被撞破，再也不必躲在背後說壞話了。

「妳爲什麼要一直針對我？」我壓下狂亂的心跳，回過頭鼓起勇氣反擊。

「妳很礙眼啊！」她瞇起眼睛，個子雖然嬌小，氣勢卻咄咄逼人，「把別人耍著玩會讓妳很有優越感嗎？」

「我從來都沒有想要耍誰。」莫名的指控讓我忍不住反駁，「妳不覺得是妳對我的偏見太深了嗎？」

「魏如穎的反應可不是我的偏見。」她的語氣輕巧，卻直直擊中心臟。

見我無法反駁，她露出勝利的微笑，碰一聲關上廁所的門。

回教室的路上，我不停想著這件事。

魏如穎抬頭看見我走進教室，嘴角揚起笑容，我反而感到有些不自在。

我們沒有說破，但界線早已變得模糊不清，一不留神就會跨過。而我還站在路中央徬徨，搖擺不定。

我想起羅瑀暄，我們也從來沒有說破彼此的關係，把所有的心動和微妙氣氛藏在夜色與祕密之下，太陽出來以後，又能若無其事地向前走。

還沒釐清心中的混亂，新的壓力又接踵而來。

期中成績單寄到家裡，媽媽打電話來發了一頓脾氣。熬了一整個禮拜還是永遠剪不完的影視作業。意見很多又沒有實質貢獻的組長在群組裡高談闊論，擅自增加每個人的工作量。

她的一舉一動都讓我想起那個嬌小女生，自說自話，而我莫名其妙的被牽制。

爲什麼我非得受到這種對待？

今天晚上大家異常忙碌，室友們全都戴著耳機，全神貫注地盯著電腦螢幕，敲打鍵盤的聲音不絕於耳。明明處在同個空間卻感覺距離好遠，感到孤單的時候，疼痛便以令人難以發覺的姿態張揚存在。

作業的群組在螢幕上不斷閃爍，好多人的叫囂輪流在腦袋裡迴響，媽媽的、嬌小女孩的、討人厭的組長……喋喋不休充斥在耳邊，排山倒海的壓力將我淹沒。

我抓起手機，找到出現在腦海中的第一個名字，然後撥出。

「妳有空嗎？」我用氣音說著，往寢室的小陽台移動，即使大家都戴著耳機。

「怎麼了？」

「我想出去走走。」我說得很快，不給她時間拒絕，又補上一句，「不想一個人待著。」

「我……」

我聽見魏如穎語氣裡的遲疑。

「妳在忙？」

「不是啦！我剛泡好一碗泡麵準備要吃。」她在電話那頭乾笑著。

「喔……那沒關係。」壓抑著心中的失落，我迅速說完，不等她回答便掛上電話。再待下去就要窒息，最後我只匆匆拿了手機，穿著拖鞋就跑出宿舍。就算只有自己一個人。

我沒有走到那條小徑，也不知道該去哪裡，最後不知不覺走出校門，漫無目的遊蕩著，只知道離人群和光都越來越遠。

學校靠近山邊，周遭不是田野就是小小的農戶，晚上幾乎沒有燈火。越走越荒涼，彷彿連蟲鳴的聲音都靜了下來，但麻木的感官使我沒有一絲害怕。

紅色的車尾燈在我眼裡留下殘影，機車停到我面前，還來不及反應，就先撞進安全帽下唯一可見的，魏如穎的雙眼。那雙想讓我耽溺在其中的雙眼。

她先找到了我。

「手機要接啊！」魏如穎微慍地說。她走下車敲了下我的頭，但只說了這句。

魏如穎牽著機車走在我身邊，昏黃的路燈將我們的影子拉長，我們也一路走了好長的距離。

「妳怎麼都不問我爲什麼？」

「等到妳想講的時候，我隨時準備好要聽。」她捧起我的臉，拇指抵住我的眉心，輕輕搓揉，把所有的皺褶都攤平。

爲什麼我從沒發現呢？她就在我一回頭就能看見的地方，默默跟在我身後。不曾開口詢問，也總能在墜地之前先一步接住我。

寢室四人的群組不斷傳送出震動，我隨手發送了句「突然想到有課程要討論，會睡在魏如穎家」，便按下靜音，將手機放入口袋深處，牽起魏如穎的手。

回到魏如穎的小套房，迎接我們的是小茶几上一碗爛掉的泡麵，麵條徹底吸飽湯汁膨脹成三倍粗，在碗裡糊成一團。

「我以爲妳是吃完才出來的耶？」

「這樣我怎麼可能這麼快就找到妳。」她用筷子翻攪了一下，嫌棄的抽出。

「妳掛掉電話的時候我突然有種感覺，好像當下不出門，妳就會走丟。」

「可惜了妳的泡麵。」我言不及義，感覺熱氣從腳底一點一點蒸到臉上。

她把浮腫的麵條屍體倒進水槽。

「麵隨時可以泡，但有些東西丟了，不是隨時都能找回來。」

毫不猶豫，她走到離我最近的地方。

我們都洗過澡後，我穿著魏如穎的睡衣鑽進棉被，她從背後將我按進懷裡，安放在胸口，我被她身上淡淡的菸草味包圍著，感到前所未有的安心。

在被生活壓垮的時刻，我第一個想到的是魏如穎，而不是羅瑀暄。

我是不是在不知不覺中，已經向前邁出那一步了呢？

原來心裡以爲的永恆，還是會隨著時間逐漸淡去。以爲一輩子都會疼痛的傷疤，結痂底下也早已長出柔軟的新肉。

喜歡羅瑀暄，就像一座巨大而無盡的迷宮，我跟隨些微的光亮一直走、一直走，以爲那就是盡頭，但轉過彎又是新的岔路。我跌落在她若即若離的洪流中，永遠不知道自己走到哪、終點還有多遠。

但通往魏如穎的路只有一條，她就站在盡頭張開雙臂等著我。

我只是走得太累了，迫切需要有人回應，否則就會迷失在荒野。

隔天是週五，魏如穎卻偷偷關掉鬧鐘，我們就這樣一起睡到下午。

「蹺掉幾堂課有什麼關係。」魏如穎笑著抓住我氣急敗壞收拾東西的手，「妳的心情變好比較重要。」

她將我拉上機車，不是騎往學校的方向，而是乘著風迎往更寬闊的地方。田埂縱橫交錯，稻穗的浪潮、鳳梨發酵的酸甜氣味，魏如穎的車輪壓過每一條小徑都會留下足跡。

在那之後，每當我回想起校園周遭這些田野的模樣，畫面的其中一角，總會是她的背影。

彎過某個轉角，眼前的田野忽然變得熟悉，在意識到之前，我已經開口要魏如穎停下。

「妳喜歡向日葵？」

魏如穎拿下安全帽，站到我身邊，一起看著整片向日葵迎風搖曳。

我下意識點頭，然後又搖搖頭。魏如穎倒是不在意，拿起手機留住眼前的景色。風從她的方向吹來，把她的呢喃送到我的耳邊，「跟妳很像。」

我想起向日葵的花語——一輩子凝視著太陽，沒有說出口的愛。

「我才不想當向日葵。」忽然憤慨不已，我是在氣自己。

「向日葵象徵著沉默的愛，一輩子都在暗戀的花，太悲慘了。只能凝視、追隨著太陽，也太窩囊。」

我聽見魏如穎的笑聲，很輕很輕，卻震動了我的心。

「向日葵還有另一個意思，代表著勇敢去追求自己想要的幸福。」

她捏了捏我的手，心跳跟著掌心的溫度一起傳來，「妳眞的很勇敢。」

「妳說過好幾次了。」

忍不住鼻酸。我知道自己凝視著羅瑀暄的姿態有多窩囊，但魏如穎一直說，我就忍不住相信了。

閉上眼睛，若琳的話清晰地浮現，在腦中來回複述。

「有可能，妳早已經是別人心中的太陽。」

也許我情不自禁下車的理由，不是懷念，而是決定覆蓋。

從這片花海開始，和羅瑀暄走過的每一條路，從今往後都將由魏如穎的腳印重新塡滿。

「好啊！」

「什麼好啊？」魏如穎轉頭看我，沒跟上我的速度。

「妳說的話還算數嗎？」我自顧自的繼續說，沒有回答她的問題。

「什麼話？」魏如穎還是一臉疑惑。

「要不要和妳在一起的那句話。」我深吸一口氣，張開眼睛，她臉上的所有細節占滿了我整個視線，「好啊！」

陽光下，她的笑容比金色的海浪更加燦爛。

這次她不再只是輕輕牽起我的手，而是鑽入指縫間，十指相扣。

☀

學期接近尾聲，寢室四人裡只有我沒抽到下學期的宿舍，若琳也只抽到備取，不能自己選擇室友。這宣告著我們寢室即將正式被打散。

得知這個消息時，我難過了很久，四個人又在寢室抱著哭成一團。

她們依舊是無可取代的存在，在最初就填補了我心中缺失的那一塊。

離別縱使讓人難受，但我漸漸明白，有些關係不會隨著時間而消逝，只要我們心中都還有屬於彼此的位置，只要我們都有心維繫這份羈絆，距離再遠，心也靠得很近。

同時，我心中的一角隱約覺得，這是個徹底離開太陽的好機會。

因為這個契機，我們終於實踐了從寒假就開始規畫的出遊。

我們一路往南，在台南吃遍美食，遊走在古色古香的傳統建築中，接著到墾丁踏浪，在斑斕的珊瑚礁裡浮潛。繞過彎角之後，我們在花東的滿天星斗下泡著溫泉，還參加了豐年祭，穿上傳統服飾加入他們的舞蹈，最後到七星潭邊觀看銀河與日出。

一路上晴空萬里，每個人臉上的笑容也同樣明朗。

暑假的味道是海、夕陽，以及機車奔馳時順過髮絲的風混合起來的。最燦爛的時光，莫過於騎著機車追逐落日，看著彼此的車燈慢慢拉出一條夏天的尾巴。

我們玩了整整一個禮拜，而不能見到魏如穎的日子，竟然讓我有些陌生。走到哪裡、看到什麼，我都自然而然地想起她，聊天視窗裡滿是我發去的照片，再微小的瑣事也想第一時間和她分享。

她也會拍下每天的晚餐，發照片給我，即使我們相隔半座島嶼的距離，仍像是在彼此身邊。

「我現在要上車了，很快就回去囉！」

在回程的月台，我一邊提起行李準備上車，一邊傳訊息給魏如穎，爲了即將見到她而雀躍不已。

一回頭，卻發現少了一個人。

「羅瑪暄呢？」

「剛剛她不知道爲什麼卡刷不過，人又很多，她就叫我們先走。」可馨話音剛落，羅瑪暄的身影就出現在手扶梯的頂端。

「啊！她下來了。」

羅瑀暄走下手扶梯，陽光從天窗照射進來，金色的光點灑落在她的側臉，漆黑的長髮隨著她的動作飛揚又飄落，那瞬間連空氣都閃閃發亮。

她依舊是打翻的一整瓶陽光，不管時間過了多久，我還是能從她身上看到我當初喜歡上她的理由。

不管過了多久，我的心底依舊會爲這樣的畫面波動，但漣漪不再擴散至每一個角落，因爲我擁有了更加珍惜的存在。

什麼都不問、什麼都不要求，卻已經走到離我最近的地方。

她牽起我的手，就止住了滿池波濤。

魏如穎傳來的訊息在我手心裡不斷閃爍。

「我等妳回來。」

☀

魏如穎身高很高，即使系上一票女生聚集成黑壓壓的一塊，還是一眼就能從人群中找到她。

身材修長的她，有著一頭俐落的短髮，每次都還留不到肩膀，就嫌麻煩一刀剪了。

她嫌人際關係麻煩，不想社交時就會拒絕，倒是樂得輕鬆自在。她的獨來獨往和我的不一樣，我有時很羨慕她的豁達和從容。

她喜歡抽涼菸或薄荷菸，看上去細細長長。纖細的菸身夾在她修長的指尖，看起來很優雅，但味道還是沒有比較好聞。

「為什麼要抽菸啊？」看著站在兩公尺外吐出白煙的她，我忍不住開口，手上還拿著她騎機車時穿的外套。

「嗯……大概是有個東西可以沉浸在裡面，暫時不用思考任何事情。」

「可是妳不覺得菸味很嗆鼻嗎？」我修飾著用語，偷偷懲了口氣，那味道不管怎麼樣都無法習慣。

「實際抽的人和旁人聞到的味道是不一樣的啦！」

她笑得岔氣，將僅剩一小截的菸蒂丟到地上踩熄，接著又蹲下身撿起，從包包拿出另一個空著的菸盒，裡面裝滿燃盡的菸蒂。

「那是什麼味道？」

她在嘴裡放了兩顆薄荷糖，穿上我扔給她的外套，再走過來牽起我。

「令人放鬆的味道。」

俯下身親吻的時候，還是聞得到殘留在髮間的淡淡菸草味，但我並不討厭。

氣味和記憶根植在一起了，從今往後只要聞到菸草，我就會想起這個手指修長、掌心溫暖、令人感到安心的女孩。想到她柔軟的唇、沉穩的背影，和一雙狗狗般的眼睛。

她喜歡躺在我的腿上，偶爾沿著她的頭髮撫摸時，會覺得她像一隻大狗，像拉不拉多或黃金獵犬沉靜地窩在腳邊。一頭埋進溫暖蓬鬆的毛髮裡，冬日就再也不需要毯子了。

掌心一旦停止移動，她就會睜開如狗狗般的雙眼看著我，深黑的瞳孔如此純淨又毫無雜質，彷彿面前的我就是全世界。

某個晴朗的週日，早上八點魏如穎的電話就將我從床上挖起。她硬拖著我來到她的租屋處，說是房東太太只有今天有空。

「幹麼這麼大費周章，只有妳簽約也可以啊！我又不會因爲這樣就不付房租。」我毫無形象地打了個哈欠，還沒從昨晚剪片剪到凌晨四點的餘韻中清醒。

「就是要我們一起租下這裡呀！我喜歡『我們』的感覺。」

她瞇眼看著我和房東簽的那紙合約笑得燦爛，我別過眼，心臟和她的話語一同被拋至半空中，她說著「我們」的語氣搔得人癢癢的，從耳窩蔓延至全身。

她載著我來來回回好幾次，幫忙搬我放在宿舍的衣服和課本，將我一點一滴地挪進我們的家。

暑假以搬家爲由，提早了半個月回來，我們更順理成章地膩在一起。

就讀傳播系，電影有時不只是興趣也是作業，因此我們最常做的休閒娛樂，就是抽出時間窩在同一條毯子下，就著昏黃的小燈看電影。

她喜歡枕著我的腿，伸出手指輕輕沿著我的鼻梁往下撫摸，溫柔的、慢慢的，就像在描繪鼻子的形狀。她的視線會跟隨著手指移動，一遍又一遍，像是要牢牢記住我的輪廓。

「妳的鼻子好美。」

她的愛太溫暖、太強烈，將我從頭到腳塞滿，沒有餘裕悲傷。

這樣很好，一部分的我盡情倘佯在她溫柔的海，不必思考，只要盡情去體會愛。而還沒修補好的那部分，隱約覺得一不小心就會被鑽空闖進，但我已經被充滿到無從在意缺失的那一塊。

愛人好輕易，相愛太難，被愛則是太過幸福。我還沒找到平衡點，就先陷落在魏如穎眼裡。

搬家的事情塵埃落定，我約了她們三個吃飯。久違的寢室四人團聚，我莫名感到緊張。

「我跟我們系上的女生在一起了，她叫魏如穎。」我一口氣說完。

若琳多少有猜到，還是發出少女式的尖叫，可馨冷靜地開口要照片，羅瑀暄半張著嘴，看起來很滑稽，原來她也會有這種驚慌失措的時候。

「同居耶！好浪漫喔！」雙手捧著臉，若琳眼睛都快冒出愛心，「我也好想交男朋友。」

「她對妳好嗎？」可馨看完照片，將手機還給我，一貫的冷靜語調，卻多了些溫柔。

「不能再好了。」我看著手機螢幕裡魏如穎的笑容，嘴角抑制不住地上揚。

「要是她對妳不好，妳就回來吧！我絕對會比她更愛妳。」若琳浮誇地張開雙臂。

「我喜歡女生又不一定代表我會喜歡妳。」我笑著吐槽。

羅瑀暄夾菜的動作停在半空中，但僅只一瞬，她很快地換上若無其事的表情，如同她最擅長的那樣。

她的眼神慢慢從碗裡飄移，遲疑了一陣，最後還是對上我的眼睛。

「恭喜妳。」她不輕不重地說了句。

若琳繼續講起新室友的趣事，四人間的氣氛就像以前那般溫馨且歡快，但每當話題轉到魏如穎，羅瑀暄便會低下頭認真吃飯，不曾發表任何一句話。

☀

正式搬進魏如穎的租屋處後，小套房開始留下我們一起生活的痕跡。

灰藍的主色牆被我掛滿了閃爍的小燈泡。搬進來的那天，我送了她一台白色拍立得相機當作喬遷禮物，她開心地拍下好幾張我們的合照，貼在小燈泡下方，說著總有一天要把整面牆都貼滿。

我有了自己專屬的枕頭，也把企鵝娃娃帶了過來。

我們選修的課程大致相同，說好了要相互督促，但還是會一起睡掉好幾個鬧鐘。

魏如穎喜歡下廚，我們便到花市挑了幾盆迷迭香和薄荷回來種在小陽台，除了增加綠意，也能隨時入菜拌炒。

看著綠意爬滿陽台，魏如穎說，我的到來讓這間小小的套房開始有了生氣，但我覺得，她才是我和那些盆栽的泉源，滋潤了乾枯的生活。

「好像日劇裡老公下班回家的場景。」

偶爾魏如穎比較晚回家，我會試著準備晚飯。她打開門的時候我正在煎魚，油煙味薰了一身，她也從來不介意。

「歡迎回來。」我轉頭對她微笑。

她走到我身邊，捧起我的臉親了親。鍋鏟無處安放，我無法抽出手擁抱她，只能仰頭迎上，鑽進她微開的唇。

唇舌交融，她的侵略一再加深，直到透不過氣，她才依依不捨地鬆開我。

額頭抵著額頭，我微微喘息，在舌尖嚐到一絲甜味，「莓果的味道。」

她笑著從身後拿出裝著鬆餅的袋子，那是方圓十里我最愛的一攤，鬆餅外層酥脆、內裡柔軟。老闆是一對新婚夫妻，每天都親自熬煮滿滿一鍋莓果味的愛，從鬆餅之間溢出。

魏如穎順勢接過我手上的鍋鏟，把我趕到地毯上。

香味從她炒菜的動作中迸發，我咬著鬆餅，覺得比平常甜了許多，生活也像不小心放進了太多的糖，但我還是可以看著她的背影就全部嚥下。

剛炒好的菜擺滿了小茶几，鬆餅還剩下半個，留作飯後點心。魏如穎遞過盛滿的白飯宣布開動，熱氣蒸騰。我總能在她的一舉一動看到日常的美好模樣。

飯後我嚷著不想洗碗，最後她幫我洗了一半，露出無可奈何又寵溺的笑容。

我盡情撒嬌、盡情依賴，在魏如穎面前，我毫無保留的交出自己，因為我知道她會全盤接住。

她給我的愛滿溢出來，灑滿在木頭地板，多到我從不擔心會失去。

我給她的夠嗎？好希望她能跟我一樣安心，惴惴不安的心情在感情裡不健康。

於是我養成每天晚上睡前看進她的眼睛認真地說「我愛妳」的習慣，希望真誠的呼喊可以傳達到她心裡。她會低下頭親吻我，吻到舌尖發麻、喘不過氣，像是要把我們緊緊地焊在一起。

「啊！我忘記買豆腐了，妳去幫我買一下好不好。」今天又是魏如穎掌廚，她低頭看著鍋子裡的湯滾得沸騰，突然開口對我說。

我從床上滾到地毯上，差點掀翻剛摺好的衣服，「蛤？好麻煩。」

「冰箱的布丁多給妳吃一個。」

「成交。」

輕巧地下了樓，聽到的時候我已經不自覺哼起歌。我關起樓下的鐵門，鑰匙在手上甩啊甩，想著要去超市還是雜貨店，一間比較近，一間比較便宜。

抬眼掃過對街時，目光比心臟早一步停下，羅瑀暄就站在馬路對面。

「妳們眞的住在一起囉？」我還來不及邁開腳步，她就先朝我走了過來。

蒜頭爆香的味道從小陽台慢慢飄出。魏如穎還在樓上，而羅瑀暄在樓下。我慌張的將她推離家門口，推離我得來不易的生活，離得越遠越好。

「妳怎麼知道這裡的？」

我每走幾步就不自覺地回頭往小陽台看，滿腦子都是魏如穎看到了會怎麼想？

我不想看到她失望的模樣。

「之前騎車經過的時候有看到妳們。」

羅瑀暄的表情毫無波瀾，讓人看不透情緒，她語氣輕鬆地開口：「溫珞予要跟我絕交了嗎？」

「絕交什麼？我們不是前幾天才一起吃過飯嗎？」我不明所以。

「因爲妳都不回我啊！」

誰先不回誰啊？我克制住翻白眼的衝動。

明明是妳先推開我的。我用盡全力壓下衝到嘴邊的話，只覺得不會害怕失去的人眞令人羨慕，能夠如此淡然地說出那些話。

我只是不再想方設法讓話題延續，想退回好朋友的位置，怎麼又變成我的問題？

「妳還會再跟我聊天嗎？」

「妳特地跑來，就爲了說這些嗎？」

我瞥了一眼手機上的時間，打算用最快的方式結束對話。豆腐還沒買，得在魏如穎關火之前回到家。

「妳想傳就傳啊！幹麼特地跑來問我？」

「就覺得有些事情還是要當面說，但妳已經不住宿舍了。」

我還來不及細想她語氣裡的深意，對話便若有似無的結束了。

「總之妳想傳就傳，我看到就會回啦！」

她輕輕點頭，又靜靜看了我一會，才轉身跨上機車，她的背影看起來無限落寞。

「妳現在不用人載了嗎？」我對著她的背影喃喃問道，想到高睦恩取代我坐上那台機車的模樣。

她有聽到，但她只是催了催油門，加速離開我的視線。

手機猛地震動，接連兩聲的訊息提示音嚇了我一跳。

自從昨天羅瑀暄突然跑來之後，我就有些心神不寧。魏如穎沒注意到，忙進忙出張羅著看電影時要配的小點心。

連續的震動源自於羅瑀暄發來的貓咪照片。

「買晚餐遇到超可愛的三花貓貓。」

她傳來的訊息這樣寫著。語氣自然，好像什麼事都沒發生，好像我們依舊每晚互道晚安，好像我每天早上睜開眼就能透過床頭的縫隙看到她。

「滿可愛的。」

我還在打第二則訊息的時候她就讀了，橫跨了整個寒假又一個學期，還有漫長的暑假，她才再次秒讀秒回我的訊息。

接著她自顧自地說了許多，我按的送出鍵遠遠比不上她開啟下一個話題的速度。

她傳的訊息太過頻繁，於是我關閉通知，不希望這種小事影響到我和魏如穎在一起的時光。

對，就只是這樣。

我將手機螢幕朝下蓋在地毯上，啜著魏如穎幫我泡的熱奶茶，她埋頭專心地挑選我們等等要看的電影片單。

一切都準備就緒，我拉開身上的毯子讓她窩到我身邊，順手擰斷心底萌發的小小罪惡感。

日子一天一天過去，沒有距離的生活，讓我一點一點地看到更多不同樣貌的魏如穎。

她總是能讓人感覺到被重視，就算聊到她沒有共鳴的話題，也不會打斷或露出沒興趣的表情，反而會帶著微笑認真傾聽，但不會主動想要嘗試。恰如其分的距離，雖然偶爾會感到失落，也沒辦法對已經給足尊重的她多說什麼。

再怎麼喜歡，有時還是會有無法理解的時候，就像我不懂魏如穎爲什麼喜歡抽菸一樣，她也不懂我爲什麼喜歡噴香水。

她盯著我的香水看，我還以爲她也感興趣，於是眉飛色舞的介紹。

前調、中調、後調，香味和記憶的連結，引發情緒的美妙化學變化，轉頭一看，她只是望著我淡淡的笑著。

我不死心，拉過她的手，「妳試試這個味道，像冬日裡的暖陽，眞的很棒喔！跟我的Rain是一對的……」

Sunshine從微微轉開的瓶蓋縫隙傾瀉而出，那瞬間，羅瑀暄的臉再次清晰地浮現。她雙眼發光，拉著我穿梭在日落電影院裡，一一拿起試香紙，最後指尖停在這個玻璃瓶上。

橘紅的落日餘暉映照在她的半邊側臉。

「Sunshine跟Rain，是一對的呢！我們就買這個吧！」

她拉過我的手腕，噴灑了那瓶名爲Rain的香水，舉手投足之間揮灑出的香霧宛若流竄的魔法，最後交纏在彼此身邊。

羅瑀暄朝著我綻開笑顏，像雨後初陽，我就是被那樣的光芒所迷惑。

「溫？」

子。

意識隨著魏如穎抽回手的動作從回憶中抽離。

Sunshine的味道滿溢在鼻腔，隨時都會潰堤而出，我連忙背對魏如穎，緊緊扭上蓋

「我抽菸嘛！沒辦法噴香水。」

她以為我生氣了，像哄小孩般從後頭伸手將我按進懷裡，下巴抵著我的髮旋，輕輕搖晃著，就如同她總是哄我、讓我那樣，「妳噴就好了，我喜歡妳身上的香水味。妳繼續說呀，我聽著呢！」

我微微顫抖的手將Sunshine收進櫃子深處。她還討好似地又磨又蹭，埋入我的肩窩，耳後Rain的雨後清香隨著她的動作散發，我深吸一口，魏如穎身上獨特的淡淡菸草味竄入鼻腔。

我已經好久沒聞過暖陽的味道。

Chapter 09 燃燒的軌跡

手機在床邊的矮櫃上不停震動。

「起床了嗎？」

隨意在螢幕上按著，魏如穎的聲音就從另一端傳來，我睜開眼睛愣愣看了好一會，才後知後覺發現身側早已空無一人。

「妳在哪裡啊？」我在棉被裡掙扎著起身，腦袋一片混沌，還未清醒。

「我今天要跟教授討論實習的事情，還有一些其他的計畫。」

話筒那端的背景人聲嘈雜，有個人在遠處叫她，魏如穎隔空喊了聲好之後，壓著話筒快速地說：「我是打來叫妳起床的啦！要記得吃午餐，然後去上通識課喔！」

「什麼實習？妳怎麼都沒跟我說？」我從床上坐起來，徹底清醒，「我們不是還說好晚上一起去吃燒肉的嗎？」

「啊對耶！抱歉，今天晚餐可能沒辦法了。」她的聲音充滿懊惱，「教授也是早上臨時跟我說他有個實習空缺。我想說讓妳多睡一會，才沒有叫妳。」

對面的人又在叫她，魏如穎壓低聲音繼續哄著我，「我們明天再一起去吃晚餐好嗎？」

「嗯嗯，好。申請實習的事要加油喔！妳也要記得吃飯。」我說得言不由衷，悶悶地掛上電話。

伸手摸過空蕩的床鋪，那裡已經不再殘留她的溫度。被丟下的感覺很糟，儘管我知道她不是故意的。

一整天下來，她傳的訊息都很簡短，濃縮在幾行以內，也沒有說什麼時候回家。

我隨意買了便利商店的微波咖哩當作晚餐，看著冷清的套房，一個人轉著電視頻道，突然感到前所未有的孤單。

「好晚。」

晚上十一點，魏如穎踏進玄關的時候，我忍不住抱怨了句。

「抱歉啦！今天太忙了，沒時間傳訊息給妳。」

「所以妳要跟我說了嗎？什麼事重要到早上突然消失，還放我鴿子？」我手插腰站到她面前。

「我先去洗澡，等我出來全部都會跟妳講，好嗎？」她捧起我氣鼓鼓的臉，飛快地親了親我的額頭。

看著她疲憊的雙眼，我終究還是妥協。

在她洗澡的時候，還替她整理扔了一地的背包和外套。換我走進浴室之前，不忘叮嚀她要把今天發生的事情全都交代清楚。

但等我洗完走出浴室，魏如穎早已睡著了。

她蜷縮在床上，平穩的呼吸在胸口一起一落，連被子都沒蓋，看上去累壞了。

早上沒說一聲就消失、突然取消的約，兩件事的加成讓我不太開心，但看著魏如穎熟睡的模樣，我嘆了口氣，伸手替她蓋上棉被，然後鑽到她身側躺下。

再怎麼失落，也只能之後再說。

聞著她身上淡淡的沐浴乳清香，和我的一樣，那是我們緊緊相依的證明。

她均勻的呼吸慢慢平復了我的落寞，負面情緒會在推遲中漸漸被消耗，到最後好像就沒有說出口的必要。

鐵灰色的大門打開又關上，時針比她承諾回家的時間多走了兩格。

「我等妳很久耶！」我抱著雙腿，下巴靠在膝蓋上盯著地毯看。語氣盡量緩和，還是漏出一點委屈的音節。

「哦，抱歉啦！今天準備實習申請的事情用到比較晚。」她放下一袋鹹酥雞當作賠禮，然後扔下包包，翻找著衣服和毛巾，一連串動作在我身後窸窸窣窣，我都沒有回頭。

關門的聲音宣告她走進浴室，就著水聲，我看向她造成的一地凌亂，靈魂太過疲憊，無力收拾。

飲料杯滲出的水珠在桌上積成一團團水灘，沿著桌緣滴進地毯。

從她突然消失的那天早上，她就變得有些忙碌，有時甚至忙到沒有時間坐下來陪我好好吃頓飯。訊息的通知不斷跳出，她總得分神接電話。

好不容易敲定的影集之夜，特地訂了她最愛喝的那間手搖飲，爲了難得擁有一段完整的相處時光而雀躍著。現在冰塊已經完全融化，喝不出她習慣點的半糖少冰。

「我好累喔！」按下播放鍵之後，她打了個哈欠，小小聲的跟我討價還價。

「上次跟上上次妳都說很累就沒看了，說好今天一定會陪我看的。」影集還在讀取，我輕輕搖晃她的手，試圖說服她心甘情願，「我看了很有感觸，想跟妳分享，妳就看一下嘛！」哄小孩似的。

我鑽進她的懷裡，找到安放自己的位置，她只好認命地撐開惺忪的眼睛，下巴抵在我的額頭上，支撐她疲憊的神經。

我挑的影集是〈茉莉的最後一天〉，《你的孩子不是你的孩子》的其中一個單元，冷冽的標題卻俐落地直擊議題核心。

在茉莉的記憶裡，媽媽提到學業和未來時，總是一副猙獰的面孔，用愛包裝著勒索，赤裸又寫實。

看著茉莉媽媽張牙舞爪地逼迫她，將茉莉一步步推向深淵又毫不自知的模樣，在那一瞬間，我在腦中將她和媽媽的身影重疊了。

螢幕上，茉莉媽媽發現了茉莉藏起的課外讀物，她開始咆哮，我忍不住往魏如穎懷裡瑟縮。

「大家小時候都是這樣過來的嘛！」她摸摸我的頭，成功忍住哈欠，沒有察覺我奇怪的反應。

我一愣，選擇忽略她的話，但無法忽視她的聲音穿過胸口時掀起的狂風。輕巧的一句話，輕易刺進最深的地方。

雖然早已看過，在一小時三十分鐘的片長裡，我還是哭了好幾次。茉莉跳下陽台時，我不忍地別過眼，想尋求安慰，一轉頭，卻看見魏如穎睡著了。

她的下巴悄悄離開我的頭頂，往後仰倒在床上，呼吸平穩。我想起她最後在耳邊咕噥的那句，「戲劇會誇大眞實，才顯得足夠力道」。

她不知道的是，親身經歷遠比能看見的更加困難，因爲無法完整表述，才成了我們所看到的影像片段。

片長有限，簡單的鋪陳不足以讓人確確實實的感同身受，才顯得情節被聚焦而誇大。然而眞實的樣貌是用一生的時間上演，也許人們看著影集時會感到疼痛，但我們的煎熬是永無止境的。

儘管魏如穎很溫柔，願意陪著我翻開傷疤細數，還是無法理解傷口有多痛。巨大的孤獨在耳邊轟然，終究沒有引起共鳴，透過影集引發的風暴或許只有自己才看得到。

不是很愛很愛，就足以照亮心底的每一塊。

世界被撕成兩半，她在完好的一邊，我還是破碎的，我們遙遙相望。我不懂她沉睡的風平浪靜，而她不懂我們之間那條裂縫的距離。

早晨在床上醒過來時，空氣中已經飄散著奶油的香味。

昨晚，關掉電視後，我還是把她拖上床，過程中她連眼睛都沒有張開，只咕噥一聲，就翻過身背對著我睡著了。

「早安。」魏如穎端上早餐，笑臉盈盈，我也只能勉強扯了扯嘴角。

沒有問我影集的結局，也沒有提及自己睡著，她的笑容和平時無異，甚至更開懷，彷彿昨天那些沉悶的氣氛都不存在。

我小口咬著吐司，想到她在我的傷痛前沉睡，心裡不免有些疙瘩。

吃完早餐，她拉著我上了機車，沒有告訴我目的地。最後，機車停在一間精緻小巧的金工店前面。

「我們要做金工？」

「對啊，一起打戒指。我好久之前就約好了，爲了今天我還特別把事情都在昨天趕完。」

她牽起我的手，推開玻璃門。風鈴清澈的迴響在工業風裝潢的店內，門口的小檯子擺滿了銀製和黃銅製的飾品，中間有張木製長桌，坐在店內的幾乎都是一對一對的情侶。

「今天是什麼節日嗎？」直到入坐，我都還是一臉茫然。

「嗯……葡萄酒情人節？」見我皺眉認眞的思索，她噗哧一聲笑了出來，「我隨便說的啦！一定要節日才能送妳禮物嗎？」

魏如穎眨了眨眼，將桌上的工具塞進我手裡，「我就想送給妳呀！」

看著她臉上溫柔的微笑，我才後知後覺，她的晚歸和疲憊，都是爲了今天的精心安排。

暖意從相碰的肩膀傳遞過來，在胸口聚攏，陰霾忽然一掃而空。我眞誠地勾起嘴角，因爲這意料之外的驚喜和她的浪漫貼心，感到全身都被愛充滿。

她看著我的笑容一臉滿足，我心甘情願的把不愉快暫時掩埋，儘管紛爭的種子下一次還是會冒出芽，但此刻我們無須擔心。

銀條彎起，頭尾相連，在噴槍的火焰下敲擊成形。

我們做了給對方的戒指，在內側刻上名字的縮寫。戒身的設計簡單轉了半圈，形成一個無限無盡的莫比烏斯環。

她將對戒套入我的無名指，這時，我由衷地感到快樂。

「妳喜歡嗎？」

「喜歡，妳做得很漂亮耶！」

五指張開向前伸，我就著燈光一遍遍看著閃著光芒的小小銀戒。

牽起手，戒指輕輕相碰，發出清脆的撞擊聲。

快樂時，矛盾彷彿就能裝作不存在，所有的差異和裂縫，都可以被幸福暫時填滿。

儘管彼此都清楚這樣的美好只是暫時的，當快樂消散，我們還是必須面對彼此間的不愉快，但我們仍在該快樂的時候盡情揮霍，盡情享受沒有紛爭的時光。

☀

自從魏如穎看〈茉莉的最後一天〉看到睡著之後，輪到我挑選片單時，都會有意無意地避開類似題材，不想再因為她的反應而受傷。

她不能理解茉莉為什麼要自殺，也不能理解我為什麼不想接電話。

媽媽的來電在手機螢幕上不斷閃動，魏如穎的視線也一再從電影上移開。

「妳已經兩個月沒回家了。」

即使關成靜音，閃爍的畫面仍讓我感到焦躁，我翻過手機，螢幕朝下蓋在地毯上，想示意她「我不想談這個話題」，但她沒接收到。

「就算妳跟妳媽吵架，也是要好好談嘛！」

我皺起眉頭，抬眼卻撞上她的一臉無辜。我的確沒有跟她說過任何關於家裡的事。

我試著沉澱思緒，正要開口，腦中忽然閃過她睡著的畫面，我很快便搖搖頭。也許她的不能理解，是因為這種事離自己太遠，無法想像。要是她知道這些曾真實發生在我身上，或許她就能共感。

除了太過冗長的噩夢，我把曾經和室友們說過的全都告訴她。那些歇斯底里、那些貶低和尖銳的言詞，以及心情不好時毫無理由的巴掌。

我講到高中交了男友被發現後，出門都要傳地標，甚至會被查看手機，她像對待小學生般的羞辱與那句眞正的羞辱。

然後我看著她的表情，決定就此停下。

空氣兀自沉默，不知道該說什麼好像比說出什麼更加沉重。

「我不知道該怎麼安慰妳。」她最後還是開口了。

「妳會想和她和解嗎？」魏如穎小心翼翼地說，但話語的力道仍在冰面劈開一道裂縫，我感覺自己被推進冰凍的河面，不斷向下沉沒。

「我小時候也曾經覺得父母都偏袒妹妹，但他們也是第一次當父母，畢竟不是一輩子都不會見面的關係，長大後我就沒那麼在意了。放下之後，我覺得心情也好過很多。」

她是那麼眞切的在爲我擔心，我卻一句話都說不出來。

「那不一樣。」我直直盯著地毯，好不容易才擠出這句話。

「抱歉，我太自以爲是了。明明不能理解。」

她端詳我的表情，語氣逐漸變得慌張，「我只是希望妳可以不要再被過去折磨，希望妳可以跟家人和好，原諒跟放下也是在與自己和解。」

「但不是所有事都能夠和解。」我有些生硬的開口，逕自結束話題。

她猶豫著，片刻後才過來抱住我。

她說的話都沒錯，我也知道她是在爲我好，但我還是被刺中，就在我以爲已經痊癒的傷口。

她住在我的心底，靠得那麼近，輕易就深入翻出結痂底下還沒長好的新肉，上頭還是遍布傷痕。

她的眼神太過真摯、太過純粹，卻能將我擊潰。

有些事情唯有自己說了才顯得恰如其分，別人說了不小心就變成冒犯。

「她不懂不是她的錯。」

我反覆在心裡默念這句話，有些距離終究不是有愛就能跨過。

☀

「好晚。」

魏如穎遞過安全帽的時候不經意說了句，我莫名有種被刺中的感覺。

她最近除了申請實習還參加了教授的額外計畫，忙得不可開交。我們各自有不同的目標，時間開始被錯開，即使如此，她還是堅持每天晚上載我一起回去。

「小組會議怎麼開這麼久啊？有些東西回家也可以做，幹麼一定要弄到這麼晚？」

她的聲音從安全帽下飄出，彷彿抱怨淹沒在風聲裡就可以不那麼銳利。

「我又不是喜歡才待到那麼晚。」我壓下胸口不斷竄升的鬱悶，剛才的小組會議已經抽乾我僅存的溫柔，「就是因爲只能在學校討論才弄到現在。」

「我知道妳在忙，可是我也有很多事情要做，我的時間也是時間啊！」

「妳可以不用來接我啊！」混雜著微惱，不小心就脫口而出。我明明再三說過，要是太晚我可以自己回家。

「那妳也應該傳個訊息告訴我。」魏如穎咕噥著，做出最後的反擊。

耳邊只剩下機車的呼嘯，這是好像是我們第一次吵架。

「對不起，我好像太激動了。」快到家之前，魏如穎先道了歉。

「我也要道歉，最近因爲壓力太大有點敏感，口氣好像不太好。」

我停了一下，忍不住還是說起最近和我媽的衝突，不是像上次那麼沉重的傷痛，而是一些日常的碰撞，或許貼近生活的情況能讓她比較感同身受。魏如穎則安靜地聽著我說。

「溫。」上樓之前，她叫住了我，臉上的表情有些爲難。

「我知道妳跟妳媽最近關係有點緊張，我無能爲力，可是妳心情一直不好，我也覺得很鬱悶。」

「嗯，我知道，但我只是——」我有些愣住，試圖解釋卻被她打斷。

「我知道妳只是需要有人來聽這些，但是我也不能一直承受妳過多的情緒。」

我不記得自己回了什麼，只知道自己被無聲無息地擊沉。

我忽然很討厭這樣的自己，因爲相信她能理解，鼓起勇氣和她傾訴，反而感覺好像是自己太過情緒化。

我只是需要有人拉我一把，給我一點點安慰就足夠，不需要解決問題。但她無意間說出的話，卻將我推入深淵。

半夜迷濛的醒來，看見魏如穎還淹沒在螢幕前，身旁的紙張和書堆散亂。

我聽見她嘆了口氣，背影看上去十分疲憊。電腦桌面上凌亂的檔案已經漫過半個螢幕，我從她打字的姿勢就能看出她的水深火熱。

原本她把我當成全世界的閃亮眼神，會透過機車的後照鏡與我對視，如今她那雙狗狗般的眼已黯淡無光。

我們曾經並肩走了那麼遠的距離，現在好像各自朝著不同的方向走。

難得的寢聚，我卻吃得心不在焉，甚至不敢跟魏如穎說我和朋友有約，只傳了訊息說會晚點回去。她隨意回了個好，我從那則短短的回覆看出她還在跟報告和作業纏鬥。

在市區吃完飯，無心再續攤的我婉拒了若琳的電影邀約。正要去搭公車的時候，羅瑪暄忽然跟了上來。

「妳不跟她們去看電影？」

「若琳下禮拜生日，我們一起挑個禮物送她吧！」

我不經意地點了點頭，沒有餘力思考，盲目地跟隨在她身後，甚至沒有開口詢問目的地在哪。

彎過幾個轉角，最後我們走到了熟悉的日落電影院。

店裡跟往常一樣如夢似幻，各具特色的香味在身邊縈繞，我試著專心看向架上的每一款商品，腦袋卻完全沒有在運轉，在店裡繞了一整圈，什麼都看了又好像什麼都沒看。

我的心思最後還是飄出店門，飄回魏如穎所在的那間小套房。

在我思緒裡的她，還保有最初的笑容。

「若琳應該滿適合這個的。」羅瑀暄的聲音在耳畔響起，她的手越過我的肩頭，暖陽的味道鋪天蓋地襲來。

她拿起架上的試香紙，那是以玫瑰爲主調的香水，配上草本的香調，細細嗅聞會有一絲玫瑰花莖的味道，清新脫俗，像清晨採下一把枝葉上帶著露水的玫瑰。的確很適合若琳。

「妳也要送她香水嗎？」嘴巴比腦袋更快行動，脫口而出的時候有些悶悶的，有種私房景點被她人知曉的感受。

「我要送香氛蠟燭。」她的表情似笑非笑，「她最近迷上布置書桌，送這種有情調的生活小物她應該會很喜歡。」

氣味的浪潮隨著她的一舉一動拍打在我身上，柳橙爲前調的香氣，接著是橙花、風信子和香根草，最後以雪松作結。我依然可以閉著眼睛就默念出香調，被太陽曬暖的安心，感覺從頭到腳都被溫暖的陽光填滿，緊繃的神經稍微放鬆下來。

「妳還有在噴嗎？Rain。」結完帳走出店門，她忽然開口。

「就……偶爾吧！最近太忙，有時候會忘記噴。」她的味道還縈繞在身邊，突如其來的提問讓我有些結巴，「怎麼了？」

「我只是很久沒聞到了，有點懷念它的味道。」

我還來不及看清她眼裡一閃而過的落寞，她就揚起笑容，「要我載妳回去嗎？」

「不用了，我搭公車就好。」

我站在公車站目送羅瑀暄離去，她的黑長直髮散落在安全帽下方隨風飄蕩，我看著，忽然強烈懷念起魏如穎的短髮背影。

在玄關還未站定，她的聲音就先悄無聲息地傳來。

「今天怎麼這麼晚？」

平靜的語氣沒有責難，但我已經開始緊繃。

「哦，因爲音效入門課。」突然想到她沒選修那堂，於是多解釋了句，「有團體作業。」

魏如穎走過來抱住我，全身的重量傾倒在我身上，我摸索著她的後背，徒勞無功的輕輕摸過她的短髮。

「我好累。」她的聲音從我肩窩悶悶的傳出。

「妳已經夠好了。」我輕聲說，軟糯無力地淹沒在她給自己的壓力裡。

「太累的話要不要休息一陣子？實習的事不用這麼急也沒關係呀……」

「我不像妳這麼有天分，不夠有想法、不夠有創意，成績也不上不下，至少要提早決定自己能走哪個方向。」

她鬆開手，走回電腦前重新撿起實習資料，試圖在紅筆用力刻劃的圈圈裡找到出口。

☀

生活依然沒有要放過我們的跡象，影視課的教授也是。

他似乎沒打算理會我們還有多少考試和作業，硬是把成果發表排在期中考週。於是接連好幾個禮拜，我們都在精神耗弱的邊緣度過。

半夜，我被敲打鍵盤的聲音吵醒，茶几上的小燈昏沉的亮著，魏如穎背對著我的身影和睡著前並無二致。

「吵醒妳了嗎？」十指在鍵盤上急速飛躍，她甚至沒有停下打字的動作，用力地按著滑鼠。

「抱歉。」她頭也不回，但我能聽出她的焦慮。

「沒關係。」擠出這句話，我感到口乾舌燥，很想溜到什麼地方躲起來，但這裡唯一能關上的門只有廁所。

忽然多了大把時間能相處，當兩人都在壓力中載浮載沉，過多的接觸反而漸漸變得黏膩且綁手綁腳。

有時太近的距離，反倒讓人透不過氣。

即使我已經盡己所能地放輕腳步，將滑鼠與鍵盤都換成無聲的，她翻身時無意識的嘖聲，還是在我心上鑽出一個洞。

兩個人同時熬夜時，氣氛更是一觸即發，儘管我們背對著彼此，所剩不多的注意力只夠埋首於自己的工作。起身喝水或上廁所的時候，仍會不小心撞成一團，堵在對方面前大眼瞪小眼，沉默的空氣像是對著彼此叫囂。

小小的空間一體相連，客廳只是在床邊的幾尺寬地板鋪上地毯，再擺上懶骨頭就算是仁至義盡。我們看電影總是蜷縮在地板上，茶几非必要時還得移至旁邊，免得擋住視線。換片的空檔起身上廁所都會絆到對方的腳。

彼此的生活快速而密切地堆放在一起，糊成一團，又不能責怪對方太過侵犯自己的領域。

我把臉埋進枕頭裡，還是抵擋不了滑鼠的按鍵聲穿透耳膜。

胸口沉悶得快要爆炸，我卻連痛字都不敢說出口，因爲魏如穎就在嘆口氣也能聽到的距離，而她也跟自己一樣疲憊。

我們都無力拾起破碎的自己，更遑論拼湊對方。

誰也沒有先抬頭。在時間流逝中等著風波平息，又可以裝作若無其事的接近。

我們一起去做的對戒有些鬆脫，可以毫無阻力的脫下，不知道是瘦了還是進入冬天。

過大的戒圍只是生活中很微小的一部分，但如此微不足道的細節都在不經意地提醒，我們正在彼此消耗殆盡。

和羅瑀暄的訊息越來越頻繁，那些對話的內容大多是快將我淹沒的焦慮，在魏如穎面前無法開口的。她比我還要破碎，在她疲憊的雙眼面前，我就會失去開口的勇氣。

「我覺得妳已經很爲她著想了。」

一樣是四個人的寢聚，我傳了則訊息給魏如穎，說有小組討論會晚點回家。

吃完後原地散會，我正要去搭公車，羅瑀暄就走過來問我要不要再去吃碗豆花。

「她是不是覺得要是不努力的話追不上妳之類的？」

「怎麼可能？」我攪著碗裡的豆花，一顆粉圓載浮載沉，就像我和魏如穎如今的關係，不上不下。

我撈出來一口吃掉，「她還說我有天分，我自己怎麼不知道？」

系上多的是那種組團到處參加微電影比賽、創意廣告徵件的人，也常常抱回獎項。眞正朝著夢想傾注滿腔熱忱的大有人在，我只是剛好很幸運找到自己有興趣，似乎也做得不錯的領域。

「妳上次不是說，那個微電影劇本的稿件募集，妳得了優選嗎？」羅瑀暄說出我都已經記憶模糊的往事。

「那是老師把所有人的作業都拿去投稿了。」

「所以妳只是不想參加，但是一參加就得了獎，代表妳很有天分呀！」

我想了想，然後搖了搖頭，沒有遠大的夢想或目標，只想安穩度過每一次的期中考和期末考，順利畢業，然後找份穩定也不討厭的工作。這樣的人生有什麼好稱得上厲害或是有天分？

手機螢幕亮起，魏如穎傳了個加油的貼圖，我意識到她是在回覆我說要去小組討論的訊息。而此刻的我卻坐在豆花店裡，小小的罪惡感原地升起。

但我和魏如穎的事，無法和魏如穎談，那我還能找誰談？

「她把我想得太好了。」

我看著魏如穎的頭貼，現實中她的微笑早已不復存在，「實際上我也什麼都做不好啊！組員雷，影片又剪不完。我也好累，但我不敢告訴她，怕她會覺得有負擔，她已經夠累了，我的煩惱跟她比起來不是什麼大事。」

「妳們遇到的困難又不同，本來痛苦就不能比較。」羅瑪暄打斷我，反倒讓我一愣，「不過我知道，妳是不希望她還要分擔妳的壓力。」

她還是一如往常地站在我的立場爲我思考，在連我都忘記要替自己著想的時候。

「只是有時候太爲她著想，預設立場想要避開爭吵，反而只會把她推得越遠。」羅瑪暄露出一個苦澀的微笑，稍縱即逝。

忽然有種被點醒的豁然開朗，羅瑪暄總是能句句說進我的心坎。

從一個完整的人身上汲取比破碎的人容易。魏如穎早已自顧不暇，我感覺自己正在日常的庸俗裡慢慢弄丟她。

作業很多、組員很雷、片剪不完、軟體過期找不到破解版……生活中芝麻蒜皮的小破事，集合起來也會變成洶湧的浪潮，無處發洩的焦慮最後都會反彈到最接近的人身上。

我們越來越常為了微不足道的小事爭執，本就緊繃的精神變得更加疲憊，生活逐漸偏離軌道，但我們不知道怎麼停下。

我們的交談日漸減少，心靈脆弱空洞之際，噩夢又纏了上來，我又開始夢到哥哥、夢到靈魂抽離身體。

只是房門沒有再被打開。

飄浮在半空中，看著熟悉的背部拱起，我忍著反胃的感覺，等著一切結束。

直到我瞥見散落在枕頭上的短髮，惡寒忽然一擁而上。

我拚命想朝著交纏的身影靠近，從沒有這麼想在噩夢之中回到自己的身體裡，但不論我再怎麼努力都徒勞無功，因為那不是我的身體。

他的背影稍微挪開了，凌亂的床上，熟悉的臉占滿我的視線。她的頭垂到一邊，雙眼睜大，滿臉淚痕，像個任人擺布的殘破娃娃。

被壓在身下的人是魏如穎。

在發出第一聲尖叫以前我就醒了，冷汗浸溼了背部，我是被晃醒的，魏如穎跪坐在床邊，就在我觸手可及的距離。

「怎麼了？」她的眼神充滿擔憂，眼下的陰影則寫滿疲憊，「妳一直在亂動，還哭了，妳做噩夢嗎？」

她伸手順過我凌亂的頭髮，擦去我的眼淚，指尖和肌膚相觸之際，感覺心臟快被脹破，腦袋尖叫著想順著她觸碰過的路徑裂開，把所有都傾瀉出來，但視線飄移到她身後，就被一地凌亂固定。

隨意建檔在桌面的筆電，五彩繽紛的便條紙貼滿在桌緣和視窗周遭，乾掉的咖啡漬在瓷白的杯緣印出一圈她嘴唇的紋路。每晚泡了即溶咖啡又倒進水槽，底部的泛黃早已洗不乾淨。

噩夢敘述起來太長，總覺得現在還不是時候。

「我忘記夢到什麼了，抱歉吵到妳。」我抽回被她握住的指尖，低下頭小心藏起滲漏出來的部分。

「我不是要說這個，我……」

我們同時看著她的手機震動，四點的鬧鐘被關成靜音，在螢幕上亮起，提醒她要立刻結束手邊的作業拿出下一份，才趕得上早八的通識課。

她嘆了口氣，背過我的時候肩膀垂了下來，在電腦前縮成小小的一團，「算了。」

完全偏離正常時間的鬧鐘，生活正以肉眼可見的速度失去掌控。我最重要的人被我的噩夢玷汙，我又該怎麼對她開口？

生活的庸俗和壓力繼續，噩夢也仍然持續。有時就連下課十分鐘趴在桌上小睡，我也會夢到凌亂的床、猖狂的雨聲和漆黑的房間，還有那扇關上的門。

我飄在空中，看著底下的人影交纏蠕動，比從前更加提心吊膽，好怕他的身下再度出現自己以外的面孔。

床上的人不是短髮，我剛鬆了口氣，她又不顧一切地朝我伸出手。

而我居然碰觸的到她，小小的手、冰冷的掌心、輻射狀散開的黑色長髮。

他還在不斷向前擺動，每一下彷彿都撞在我身上，把我撞得支離破碎。

雨聲恣意鑽進耳朵，溼黏的空氣被吸入肺裡，在即將窒息的時候，我和床上的羅瑀暄四目相交。

啪嗒一聲，我從小茶几上滑落下來，打翻了桌上成堆的書頁。

魏如穎背對著我，也趴在電腦前睡著了。我發出的動靜讓她咕噥了一聲但沒有醒來。

渾身都還是夢裡冒出的冷汗，脈搏在耳邊鼓譟，心臟每跳動一下都無比清晰，在胸口撕出一道道裂縫。

我倉皇地起身逃離小套房。

腦海不斷重複著剛才的夢境，每一次羅瑀暄的臉出現在黑暗之中，我就覺得自己連和魏如穎求助的資格都沒有。

一陣風吹過，蟲鳴蟬叫似乎被放大了好幾倍，超出我肩頭的草叢沙沙作響，來回掃過臉頰，我才發現自己已經不知不覺走到小徑。

腳跟抓不牢地面，踏出的每一步都虛無縹緲，隨時會飄走。好希望有人能出現在我面前，抓住我，讓我留在地球。

也許不是誰都好，心裡自動擬了一份小小的名單，逐一朗誦，虔誠得像在許生日的第三個願望。

熟悉的黑色髮絲劃過眼角餘光，她在名單的很前面。

她揚起笑容，本來想要朝我揮手，在看清我的表情後，伸出的手轉而抓住我拉向她。肩並著肩，將我安放在她身邊。

「是家裡的事嗎？妳媽媽？」

指尖碰上我的臉，她仔細掠過我眼下的深黑。

「妳又做噩夢了嗎？」

她一句話就抵達我最害怕的地方。

滴滴答答，眼淚落進胸口的空洞，敲出聲響，羅瑪暄在一旁安靜地聽著我哭泣。

偶爾她會伸出手，用熟悉的方式摸摸我的頭，從髮旋到後頸，一遍又一遍，撫平我的心跳。

「妳沒有跟她說啊？」

「嗯，她一直都好累，總覺得還不是時候。」稍微冷靜下來，眼淚以外的東西終於得以傾瀉而出。

「上次我稍微跟她提了我媽，然後她問我會想跟她和解嗎？我忽然不知道要怎麼跟她說下去。」

想起魏如穎手足無措的表情，我就不自覺縮回更深處。她的無法理解，比傷痕本身還更隱隱作痛。

「我當然知道要放下，也知道應該試著原諒，可是我就是做不到。」

「誰說的？」

羅瑀暄用一種理所當然的語氣反駁，將我從自我厭惡中拔了出來。

「妳不想原諒就不要原諒。」她伸手握住我在膝蓋上緊攥的拳頭，小小的掌心卻能將我完整包覆。

「不是只有和解和原諒才是放下，更重要的應該是妳的感受和痛苦啊！」

眼裡的堅定不容質疑，就像她當初奮不顧身擋在林祐全面前、擋在嬌小女孩面前、擋在我的噩夢面前。

我看著她，忽然覺得不可思議，在我最需要的時候，她總是能及時出現在我面前。

「對了，妳怎麼會在這裡啊？」

「我沒事的時候都會來啊！」她朝我微微一笑，淺淺的褐色眼睛像溫暖的流水，閃爍著一點一點的光芒，「因爲希望有天能夠遇到想見的人。」

「妳怎麼知道她什麼時候會來？」

「其實我不知道。不知道她什麼時候會出現，所以乾脆有空的時候都來這裡坐坐，說不定哪天，我就會再次遇見她。」

她抬手，掌心停在我頭上，拉長石手鍊滑落到手肘，在月光下閃耀。

「然後我會告訴她，我一直都在。」

☀

魏如穎的白色球鞋整齊地放在門外，爲此我在門口多站了一會，沉澱心情。

她十分愛惜的白色鞋面上沾滿了泥濘的痕跡。通往家和學校的那條小徑沒有鋪上柏油，只要一下雨就容易積水，在機車的輪胎下四處飛濺，但她總是走那條回家，只因能節省時間，好在報告上多打一行字。

最近我們只要開口就是吵架，彼此都瀕臨邊緣。

「不是說好要抽菸就去陽台嗎？」一開門我就被嗆得連連眨眼。

魏如穎沒有回過頭，手上的菸抽得更凶，漫天瀰漫的白色煙霧像是爭吵的序章。

「我們談談吧。」抽到第二根時，她開了口。

「我很累了，明天再談。」整天都沒吃東西的身體已經無力再承載更多。我小聲地說，準備溜進浴室，卻被她一把抓住。

「妳每次都說等一下，然後就沒有下文。」她抓住我的手腕，用力得像是要烙印在我身上。

她的目光也像灼燒赤紅的鐵，罕見的慍怒，「爲什麼不肯好好跟我談？」

「我有說。」熟悉的場景再度上演，早已數不清多少回了，「可是妳又不懂。」我麻木的開口，感到既無力又無辜。

「我也很痛苦，很多時候想找妳抒發，長篇大論卻常常換來妳不到兩行的回覆。就像我看〈茉莉的最後一天〉看到哭，妳卻能看到睡著。我知道妳無法理解，也知道妳很累無暇顧及我，所以我從來沒有要求妳做什麼不是嗎？」

魏如穎後退一步，表情像是被狠狠甩了一巴掌，滿臉挫敗。

我放緩語氣，「我沒有怪妳，但妳不能理解是事實。」

「所以妳就去找可以理解的人？」她的語氣和炙熱的目光形成強烈對比，冰得我忍不住瑟縮。

「我看到妳們走在一起。」

她看到了，是什麼時候？哪一次？

「只是寢聚一起吃了幾頓飯，妳也知道，我們搬出去之後就很少見面了。」我連忙開口，語氣迫切反而更像在辯解，「剛好若琳快生日了，她順便跟我一起挑禮物而已。」

「我是看到妳們在豆花店，所以還有其他次？」失望的神情在她眼底擴散，「妳跟我說音效入門課有團體作業，天天忙到半夜才回家。結果我看到什麼？是不是妳每一次跟我說晚回來，其實都是跟她在一起？」

「就那兩次而已，我只是不想讓妳覺得，妳在水深火熱的時候我在和朋友玩樂。」我低頭看著腳指在木頭地板上蜷曲成一團，「我幫不了妳，只能讓妳覺得我們是站在同一邊的。」

「妳是爲了我，還是不想看到我？」魏如穎的語調微顫，將一切赤裸裸的攤開，「還是只是方便妳去見更想見的人？」

「妳不要這樣。」我的聲音弱下，對陌生的她感到慌張，「那都是過去的事了，我們現在就只是朋友。」

「那妳爲什麼要把她的通知關靜音。」她猛然抬頭，指著我忘記關機的筆電，「我沒看，我不敢看，我好怕事情就是我想的那樣。」

腳忽然踩空，下墜帶來的搔癢感忽地從心臟擴散開來，我強壓住胸口，感覺自己正在失足跌落。

「我們什麼都沒有，聊天的內容也很正常，就是朋友，我可以把對話紀錄給妳看。」我困難的開口。

「那妳爲什麼要關靜音？」她又問了一遍。

「我本來也很相信妳、相信我們。就算我看到妳們走在一起，也不停說服自己妳們只是朋友。既然妳們什麼都沒有，爲什麼妳要躲躲藏藏？

「妳喜歡過她。妳為她喝得爛醉、哭得死去活來，我一路看著妳走過來的，妳知道我有多怕嗎？」

「我喜歡的是妳，魏如穎。」我用力閉上眼睛，只說得出這句。

「妳有看過自己看著她的眼神嗎？」夾著菸的指尖在顫抖，抖落一桌子的灰。

「妳說我無法理解，那她就能成為妳的救贖嗎？這樣妳口口聲聲說喜歡的我算什麼？」她停頓了下。

「在妳心裡，我們算什麼？」

手機螢幕在此時亮了亮，我幾乎是反射性的就要伸手拿起，但僅只一瞬，找回理智的我慌張地回頭，羅瑀暄的名字在螢幕上不斷閃爍，魏如穎的眼裡千頭萬緒。

「我知道了。」

螢幕沉寂了下去，很快地，來電便再次亮起。她呼出一口氣，拉緊大衣領子，轉身走出大門。

鐵灰色大門關上的瞬間，我也無聲無息地跌落，癱坐在地毯上，力氣和眼淚都被絨毛吸收。我忽然發現，方才的煎熬，是我們幾個禮拜以來看著彼此雙眼最久的一次。從前那雙閃閃發亮、像狗狗般的眼睛，再度看著我的時候，只剩下無盡的疲憊。

其實我們都明白，羅瑀暄不過是最後一根稻草，儘管如此，還是壓垮了一切。也許我們只是迫切的需要一個對象來怪罪關係的失敗，免於面對我們很愛對方卻不適合的眞實。

她只是以一種低姿態，嚴絲合縫的被放在心底，只是一個日常。也許魏如穎從我的反射神經，看到一圈漣漪最後擴散成波濤洶湧的模樣，也許在我們逐漸崩壞的關係中，她被漏出來那麼一點點，就足以攪亂我和魏如穎的生活。

她把套房留給我，等我知道時，她已經和房東解約，甚至付了違約金。

我打開手機，想說的話千頭萬緒，最後只傳了訊息問爲什麼。

「妳無處可去。」

已讀三個小時後，她只傳了這條回覆。

我在沒有她的小套房地板上蜷縮成一團，十指爬梳過上頭的紋路，深深淺淺，想著她說過，就要木頭地板才有溫暖的感覺。

天冷的時候我們蓋著同一條毯子坐在上頭，腳趾挨著腳趾，電影一部一部接著放，冰冷的指尖很快就能變得暖和。在昏暗的客廳裡，溫暖不是來自她千挑萬選的鋪木地板，而是她身上總是過高的體溫。

她最長的已讀紀錄，是上學期期末瘋狂熬夜時，不小心睡著的三小時又十分鐘，就算如今我們走成這樣，她的冷淡依舊沒有超過這段時限。

是我親手毀了這一切。

Chapter 10 餘燼

過了一段時間，羅瑪暄搬了進來，什麼也沒說，不論是看見浴室裡魏如穎遺落的牙刷，或是散落在陽台上的菸蒂，就算半夜撞見客廳裡無聲啜泣的我，她也什麼都沒說。

我想著，我們之間的祕密還不夠多嗎？兩人都心照不宣，也能算是祕密嗎？

從前魏如穎悉心照料的盆栽早就死了，連根部都乾枯。我呼著白煙掃著陽台上殘留的菸蒂時，總是斷斷續續的想著，她一個人走的時候是不是很冷？

貼滿整面牆的拍立得還在，枕頭上也還沾著她的短髮，我無力收拾滿屋的殘骸，小套房的一切都深刻地融進她的痕跡。這裡本來就是屬於魏如穎的，她把自己的全部都給了我，我卻把她弄丟了。

即使閉上眼睛，也止不住眼淚從縫隙傾瀉，疼痛將我塞滿之後滲漏出來，從心臟、從眼眶、從每一寸被魏如穎失望眼神劃開的皮膚。

冬日裡的乾燥讓我不小心在下嘴唇磕出一個傷口，扯著嘴角時總會牽動著，像是在提醒我，除了悲傷，其他情緒都不合時宜。

「不要一直舔，這樣傷口不會好。」

魏如穎總是不厭其煩的重複這句話，耐著性子一次次捏起我的下巴，試圖阻止我舔舐傷口。

最後索性在我每一次雙唇微啟之際低下頭封住我，輕輕含住我的傷口。她的唇溫暖又溼潤，還帶著淡淡菸草味。她捧著我的臉總是小心翼翼，像是在對待什麼易碎的珍寶。

我下意識地咬著嘴唇，那裡已經不再殘有魏如穎的味道。

「不要舔啦！」

羅瑀暄皺著眉頭，遞來一條護唇膏。那是她最愛用的牌子，只要靠得夠近，就能聞到她唇上淡淡的橙香。

我想著這支唇膏曾經無數次描繪過她的唇。她習慣先從下唇開始塗，由左至右，接著是上唇，在唇珠來回塗個兩、三遍，然後輕輕一抿，唇峰積著護唇膏的光澤。

輕輕壓上嘴唇，燥熱沿著護唇膏碰觸到的地方迅速蔓延。

擦過傷口的裂隙，魏如穎沒抽完的半包菸還靜靜躺在床邊的矮櫃上，我應該感到疼痛，但是這裡有羅瑀暄，我太快樂了。

也許魏如穎先我一步窺見未來的模樣。

不是有愛就能在一起。我們眞的努力過了，但是有些距離無論怎麼伸手也無法抵達。

彼此之間的關係越磨合越消耗殆盡，在遍體鱗傷之前她就先放開手。一直到最後，她還是那麼溫柔。

疼痛使人脆弱，羅瑀暄順著裂隙悄悄而上。我一直以來都看著她的背影亦步亦趨，只要她回頭朝我靠近一步，我就會快速又理所當然的再次被征服。

她搬進來以後，日常和從前住在宿舍沒什麼太大的差別，唯一不同的是，我們現在睡在同一張床上，還會牽著手入睡。

她平靜的睡顏就在我一睜開眼睛的距離。顫動的睫毛和平穩的呼吸，視線沿著輪廓描繪，我總是看到忘記時間的流逝，捨不得叫醒她。

一起吃過晚餐，我們會擠在小小的筆電前觀看影片，按下自動播放，任由畫面隨意且無止盡的切換、延伸，看什麼並不是重點。播放下一部影片前，螢幕變得漆黑，在過場的五秒中，我忽然發現，自己專注地看著畫面，只是爲了看她倒映在螢幕上的樣子。

沉默的那五秒，她也會轉過頭來看我，四目相接，她的淺色瞳孔不如螢幕漆黑，卻能無比清晰地倒映出我的模樣。

不論我們是在看電影、趕報告或睡覺，她一定會將身體的一部分和我相觸，在床上、在地毯上、在小茶几前，交纏的雙手與相碰的小腿，額頭靠在肩膀。就連我在洗碗，她都要站在我身邊，肩並著肩擦乾我洗好的碗盤。

她喜歡窩在我的雙腿上看影片或背法條，有時就只是躺著，一遍又一遍的哼著歌。

我弄丟了一個很愛我的人，換回和從前無異的生活——女孩們可以牽手、擁抱，可以互相躺在彼此腿上的生活。

我們很有默契的劃分出界線，心照不宣，一旦跨過就回不了頭。

但路始終只有一條，筆直地指向深淵。繼續沿著走下去，必定會墜落。

妳喜歡我嗎？

妳知道我喜歡妳嗎？

簡單的兩句話在身體裡百轉千迴，從心臟過渡到大腦，湧進聲帶時會顫抖，在喉嚨和舌頭相接的地方轉了個彎，再重新向下遊走。

有時我會分不清最後的轉向是怯懦還是突然失去目標，大腦停滯的兩、三秒空白，足以拋下所有念想，我總是看著她的眼睛就迷失方向。

我好像總是可以喜歡上妳好幾次，不論妳是什麼樣子，不論妳喜歡的是誰。

但有很多事，我們心照不宣地放進心底。

例如魏如穎，例如高睦恩。

她不曾主動提起我和魏如穎分手的事情，我也不曾過問她和高睦恩如今的關係。

一個又一個的祕密，已經不再代表朦朧而怦然心動的曖昧，而是一旦觸碰就會瓦解的美好表象。

☀

我已經很久沒看見羅瑪暄和高睦恩走在一起。即使如此，在我看見高睦恩的後座上載了新的女孩時，還是感到有些驚訝。

機車從身邊呼嘯而過，我只來得及瞥見她的短髮，車尾燈便很快的消失在眼前。

我搖搖頭，收回想看清那個女孩的目光。反正也不關我的事，我唯一在乎的只有他和她之間。

既然這樣，他跟羅瑪暄應該是分手了吧？

雖然仍爲此感到開心，也只是小小的雀躍，或許最近發生了太多事，還不足以將我從谷底拉起。

我來不及細想，鐘聲就已經響起，生活的齒輪繼續運轉，我又被前仆後繼的庸俗推著不得不前進。

下午，我匆匆走出社科院，準備趕去上通識課，在大樓外看見高睦恩。他斜倚在機車上，把玩著手機，看起來像在等人。

疑惑混合著不安慢慢從心底升起，我不自覺停下腳步，站在他的視線死角，不動聲色地看著他。

女孩從教學大樓裡走了出來，一晃而過的短髮，她的側臉無比熟悉，我曾用指尖沿著描繪過好多次。

在最幽暗的谷底亮起的光，曾經讓我耽溺在其中，不想浮出水面的眼睛。曾經每天早上醒來，我被圈在她的臂彎裡，就感覺安全的停泊在港灣。那樣溫柔、善良而美好的她。

站在高睦恩身邊的人是魏如穎。

手一鬆，懷抱著的東西全都掉落在地上，我聽不見墜地的聲音，反倒是魏如穎輕輕往這個方向瞥了一眼。

她知道我看到了，卻沒有停下動作，伸手接過高睦恩遞給她的安全帽，熟練地爬上後座。

在教室，魏如穎總會坐在離我最遠的位置，下了課也會馬上離開，於是我想像過很多次和她在路上相遇的情形，排練著要先打招呼還是先道歉，然而我從沒想過會是以這種形式遇見她。

我甚至不知道他們怎麼走到一起。

世界忽然被傾倒，荒謬的感覺讓人無端發冷。

高睦恩跟魏如穎站在一起的畫面偶爾會閃進腦海。

在教室我更常盯著魏如穎的背影發呆，虔誠的、懇切的，但她始終沒有再轉過來，似乎更加有意無意地避開我。

她依舊在下課前就收拾好所有東西，鐘聲一響便踏出教室，我鼓起勇氣追上，只見她的短髮消失在樓梯口。

我挫折地走到樓梯轉折處的平台想透透氣，忽然聽見下方傳來一陣嘈雜。探出頭，好幾個短髮的髮旋團團圍繞，接著點起了菸。

「你跟羅瑪暄到底分了沒？」

不喜歡菸味的我原本打算離開，熟悉的名字卻猝不及防擊中我的心臟。

「政治系的女生一直在找我打聽你的事啦，煩死了。」

「還沒啊，她最近不知道怎樣，難搞得要命。有政治系女生的照片嗎？」

回答的聲音無比熟悉，盡管我努力想從腦海抹除關於他的一切，高睦恩的聲音還是深植在我的記憶裡。

汙濁的煙霧爭先恐後地上竄，菸味薰得我頭痛，但我迫切想知道他們口中不入流談論的後續，我蹲下身子緊挨著欄杆，一步都不敢挪動。

高睦恩看了照片之後擺了擺手。

「眼光這麼高啊？羅瑪暄有這麼好嗎？難得看你捨不得放手。」

「她的優點就只有學歷跟溫順，帶出去挺有面子的，但就是死不讓我碰，不知道在裝什麼清高。」他的語調變得陰冷，把菸蒂丟到地上踩熄，又點起一根菸。

「那你幹嘛不跟她分手啊？」其中一個髮旋伸手要過照片，「你新交的那位別系的呢？你說她是什麼系？我又忘了。」

「傳播系。」我聽見他無奈地說出魏如穎的系所，夾雜著訕笑。

「那種系的女生不是都很愛文青？像你這種天生的斯文敗類，隨便裝一下應該很好到手吧？」

站在他身旁的男人眼睛沒有離開手機螢幕，姆指左滑右滑。交友軟體會在右滑時對照片的主人送出愛心，他一連往右滑了十幾遍。

「她怎樣？應該比法律系的女生好吧？至少比較會打扮？」

「還不錯，挺熱情的，長得也順眼多了，就是頭髮短了點。」他的聲音似乎舒坦了些，「快要到手了。」

「誇成這樣，你不會是認眞的吧？你要甩了羅瑀暄？」

「不行啊！她的科系實在不行。帶不出去，只能玩玩囉！就這點還是法律系好，爸媽也不囉嗦。」

「反正也還沒眞的碰到她，就暫且留用吧！眞的玩到了再觀察看看，說不定她在床上的長處可以彌補其他的不足。」

即使一群人一起發出噁心的笑聲，高睦恩的聲音依然清楚，我聽得出他語氣中隱忍的得意。

上課鐘聲響起，他們踩熄菸蒂，走進大樓。我還被那汙濁的氣息緊緊束縛。

我生命中最重要的兩個人，最終我還是造成了傷害，但是在愛的時候，我毫無保留地傾倒出全部，就算如今沒有在一起，也好希望她們都得以快樂。可是他卻輕而易舉的同時傷害她們兩人。

自信又輕蔑的笑聲彷彿還烙印在耳朵裡。我倚靠著欄杆，渾身一點力氣也沒有，本能的感到怨恨，恨他的恣意妄爲，也恨自己無能爲力。

影像製作下課之後，我追著魏如穎匆忙的背影，就算她走得再快也毫不退縮。在穿過三條走廊、下了兩層樓梯之後，我終於將她攔住。

「妳忘了東西。」

我鼓足勇氣說出第一句話，但在包包一陣翻找，最後也只掏出她遺留在床邊的那半盒涼菸。

她淡淡地掃過我一眼，再沒從前看著我時的滿眼熾熱，卻足以把我全身都燙平。

「我戒菸了。」

「爲什麼？」我求知若渴，抓住每一個句子隱藏的尾巴順流而下，誘導她說出更多，好讓貧瘠的話題得以延續，往我迫切想知道的方向走。

「他不喜歡。」

「妳眞的跟他在一起了？」

魏如穎沒有回答。伸手想拿回那半包菸，我馬上意會過來她想結束對話，於是很快抽回手，把菸盒扔回包包，鼓起勇氣直視她冰冷的眼神。

「爲什麼？」想起那些夾雜著汙濁菸味的訕笑，忽然變得激動。我忘了自己其實沒有資格對她說教。

「妳知道他是怎樣的人嗎？妳知道他怎麼跟他的朋友們說妳嗎？」

「我知道自己在做什麼！」我被她突如其來的大吼嚇了一跳。

她長吁一口氣，似乎在懊惱著不經意流露出的真實，我漸漸意會到，她說戒菸也是故意的，只是想讓我知難而退。

「我只是希望妳快樂，我也知道他的爲人才接近他，我是爲了妳。」再次開口時，她的語調放輕了不少。

「爲了我？」

「我以爲這樣他就會跟羅瑀暄分手，他們之間本就一點火花也沒有。」她低下頭，臉上的表情似笑非笑。

「我知道這樣很蠢，但我是爲了妳。羅瑀暄做的到嗎？」

我忽略她話裡的比較意味，試圖把對話重心導回她和高睦恩。

「妳根本不需要這樣，妳只要告訴我就可以了。爲什麼要做到這種程度？」

「我以爲妳知道，還是打算跟她繼續這樣下去。」她的語氣變得冷冽，自嘲似地笑了下。

「什麼？我怎麼可能那麼……」我本來想要講「蠢」，話到嘴邊又不是那麼確定了。

「我也知道她搬進去了。」

我瞪大眼睛，想要解釋，卻被她打斷。

「我沒有要責怪誰的意思，我只是在想，我們怎麼會變成這樣？」

「我相信妳也愛過我。但我看過妳愛她的模樣，害怕就從未停止過，任何一丁點的可能，就好像會讓我變得微不足道。」

魏如穎源源不絕地傾瀉，像是要說完那天她轉身就走時還來不及說的話。

「我不喜歡這樣卑微又膽戰心驚的自己，不管再怎麼努力，好像都是徒勞無功。」

她的語氣虛無縹緲，我想抓住她，伸手的時機總是消失在須臾間。

「我終究不懂妳的傷痛，妳也不懂我的不安。」

明明相愛，卻只能互相折磨。

她的眼睛像幽暗的潭水，我曾經以爲陷落在其中就會永遠爬不出來，現在才知道，我只是不想醒來，被愛比較多的一方，才最輕易能離開。

「我一開始喜歡妳，是因爲妳的眼睛會發光。」再次抬眼，她眼裡的光也熄滅了，「但我們在一起之後，妳漸漸在我身邊失去光芒。」

「與其讓妳在我身邊枯萎，不如放妳自由。」她無力地朝我笑了笑，「我希望妳快樂，才學會放開妳，妳應該也很明白這種心情。」

眞正深愛一個人才能學會放手。我慢慢想起，當初也是這樣看著高睦恩跟羅瑀暄在一起的模樣，最後選擇沉默。我以爲他能給她更多，以爲他能比我更能撫平她的傷痛。我希望她的未來陽光普照，即使她的未來沒有我。

「不能理解不是妳的錯。」我脫口而出，終於有句話能說得毫不猶豫。

「所以我們分開也不是妳的錯。」她堅定的重複，想要讓我相信，「我們就只是不能互相理解罷了。」

「對不起。」她的話讓我眼眶一熱，哽在喉頭的道歉終於推出，打從她轉身的那一刻，我就應該說的。

「對不起，都是我……」

「不要說什麼『都是妳害的』這種話。」握住肩膀的力道不大，但不容置疑的堅定制止了我繼續說下去，她放緩語氣，「我從來沒有後悔做過的所有決定，包括喜歡上妳。」

喜歡，我從未發現這兩個字是如此沉重、錯綜複雜。身陷其中才發現是枷鎖，我喜歡妳、妳喜歡他、她喜歡我，彼此交纏傷害，勒得人無法呼吸。

喜歡我、爲了我，不惜走入深淵之中。

「所以不要自責，不是妳的錯，這是我的選擇。」

她的聲音弱下，漸漸轉爲哽咽，眼眶也慢慢盈滿淚水。

「我眞的好希望妳可以快樂。」

「快樂？」我茫然地跟著複述。

「嗯。」臉頰掛著淚水，她露出一抹淒涼的微笑，「妳現在快樂嗎？」

我沒辦法回答，一切都荒謬的讓人不知所措。

言盡於此，我們好像已經無話可說，魏如穎緩慢轉身，準備朝離開我的方向走去。

「離開他，拜託妳。」我慌張地拉住她的手。

她愣了下，沒有抽離。

「我會處理好所有的一切，妳不要再這樣對自己，好嗎？」

過了很久，我才聽見她的聲音。

「好。」像是要飄散在風中。

「如果那是妳希望的，我就會爲了妳做。」

我最後目送著魏如穎離開。

魏如穎是那麼有個性的女孩，如今我目睹她微笑著爲了我，逐漸失去自己本來的模樣。

愛一個人到奮不顧身，最後迷失了自己。不求回報的付出，儘管會讓自己痛苦也在所不辭，只爲了她可以是快樂笑著的模樣。

這樣的愛值得嗎？

魏如穎決絕的眼神讓人感到荒唐，但我內心的一角卻隱隱覺得似曾相識。

☀

生活中的汙糟就像是無底的泥沼，越想逃離就越被緊緊糾纏。

我還來不及釐清混亂的關係，滿懷的惡意就追了上來，而且不依不饒。

「嗨。」高睦恩站在小徑的入口，露出微笑，「可以跟妳談談嗎？」

我幾乎是反射地轉頭要走，但他抓住我的手腕。我本以爲退守在他觸碰不到的安全距離，可人高馬大的他伸手就能輕易滲透進我的生活。

我用力甩開，肩膀不爭氣的微微顫抖。

「抱歉抱歉，我忘了妳有陰影嘛！」他調侃地說。後退幾步，從口袋的菸盒抽出一根菸點燃，我向來討厭菸味，除了魏如穎的。但我隱約知道現在不是離開的時候。

「扮家家酒遊戲玩夠了的話，可以稍微把她還給我嗎？」吐出第一縷白煙的時候，他再度開口。

魏如穎和他並肩站在一起的情景闖進腦海，但我馬上意會過來，他是在講羅瑀暄。

「她一直不肯回去讓我很困擾。阿姨三天兩頭就打電話來，我爸媽也一直在問。」

「你到底在說什麼？」

他一字一句說得清楚，從耳裡竄出飄浮在空中，每一個字都識得，組成句子又像另一回事。

又或許是他和羅瑀暄之間，自己從來都不想要聽懂。

「妳們的關係也沒有她說的那麼要好嘛！」他露出一抹嘲諷的微笑，儘管有所準備，心臟還是被他的話重擊了一下。

「她是不是沒有告訴妳，我們還在一起？」

「你有什麼資格說這種話?」

他的話猛然戳進肋骨隱隱作痛的深處，厭惡霎時轉變爲憤怒，覺得一切簡直荒謬的可笑。

「你到底想要怎樣?同時跟兩個人在一起還沾沾自喜，你是來跟我炫耀的嗎?」

「不要把我說的像是壞人啊!」

高睦恩唇邊掛著涼薄的笑容，鼻尖吐出一團又一團的煙霧。

「她也是在利用我，讓自己活得更輕鬆。我們各取所需，沒有什麼誰對誰錯吧?」

他上前一步，指尖滑過我的臉頰，看著我扭曲的表情，笑得很是開心。

「你爲什麼要這樣，爲什麼要抓著她不放?你根本就不喜歡她。」語調軟了下來，挫敗感一擁而上，「這樣你能得到什麼?」

那雙眼尾上勾的眼睛，就算露出憐憫的神情也顯得不眞誠。他再度開口時，語氣就像是施捨。

「我爸跟她爸是律師業界的好朋友，本來就滿常去她家的，後來我爸想要跟她爸的事務所合作，要是多一層關係會很方便。在家假裝是好兒子，生活也比較輕鬆，所以我就順了。」

他吸了口菸，鼻間竄出的白絲像一條通道，指向我一直以來不願正視的眞實。

「她不爭不吵啊，爸媽會喜歡的那種乖巧賢良的樣子，學歷漂亮，無聊時解解悶也算不錯，聊勝於無。」他停了下。

「我也需要一個帶得出去的女人啊。」

呼吸困難，不確定是因爲不斷疊加而濃厚的菸味，還是他的聲音。

「更重要的是，她需要我。不管我再怎麼玩她都不會干涉，因爲她不能沒有我。」雲霧繚繞也遮不住他臉上自信而油膩的笑容，「不管我做了什麼，她都會是我的退路。」

「你這瘋子。」短短幾秒鐘，腦海裡無數句更具攻擊性的回應翻湧著，然而實際開口只吐得出這幾個字。

「妳無能爲力，妳自己也很清楚。」他聳了聳肩，「妳連羅瑀暄她媽媽的臉都沒見過，能幫她什麼？

「在我爸媽和大眾面前，她當我名義上的女朋友。而我可以安定她媽媽，也是她唯一的傾訴對象。」

他耐著性子和我分析利弊，彷彿他眞的有在爲任何人著想。

「妳們還是可以在一起啊，我甚至可以當妳們的煙霧彈。我的要求就只是她偶爾跟我一起回家，不管是她爸媽還是我爸媽都不會囉嗦，這樣不是皆大歡喜嗎？」

「我不會答應，羅瑀暄也不會。」喉嚨乾澀，我困難地擠出這句話，毫無氣勢可言。

「裝睡的人是叫不醒的。」他笑著搖搖頭準備離開，走了幾步，又想到什麼似地轉過頭，拋過一個意味深長的笑容。

「別誤會，我不是在說妳。」他輕彈了一下手指，扔掉菸蒂，留下滿地的餘燼。

不記得是怎麼回到家的。打開家門，空氣中飄散著奶油香，羅瑀暄聽到動靜，轉頭對我露出微笑。

「妳回來囉？今天晚上我煮，妳就好好期待吧！」

我悄無聲息地走到她身邊，她看著我的表情，微笑漸漸凝結在臉上。

「爲什麼沒有告訴我妳跟他還在一起？」

爐火上的濃湯正好滾起，泡泡一顆顆破裂。

她的沉默比高睦恩的冷嘲熱諷還要尖銳，刺破了包住小套房的虛幻泡泡——經不起現實的、一碰就破的美好假象。

「這很重要嗎？」她繼續手上的動作，試圖讓生活回到正軌，顫抖的指尖卻不經意出賣了她，「重要的是我們吧。」

「爲什麼？」我知道她沒有辦法回答。

熟悉的氛圍又開始攀爬滋長，她的雙眸又變得幽深，同樣的場景好像已經經歷了無數次。

她靜靜關上了火，牽起我的手，用她最擅長的方式迎擊。羅瑀暄的手很冰涼，但我還是被融化。

她是知道的，擊中我的方式，而我終將妥協。

「這很重要嗎。」她低下頭，語氣像冬日裡的一池涼水，沒有半點波瀾。

她拋過疑問，最後的問號被她強行竄改成句號，像她一直以來的任性。

難以成眠的夜晚，我把玩著菸盒，翻動的時候，裡頭剩餘的幾根菸相互碰撞，那是魏如穎留下來的，被我悄悄收起，塞在櫃子的最深處，藏匿在香水瓶之後。

我弄丟了一個很愛我的人，但是她離開以後，我還是沒有任何長進，害怕就想逃。不敢面對的事情，只要不說破便裝作相安無事，一點點的美好就能讓我甘之如飴的繼續。

隨時會結束的幸福快樂嗎？沒有名分的幸福，這樣就足夠了嗎？

也許我們之間，從開始就注定是一場錯誤。

☀

「過兩天在廣場那裡有市集活動，還會放煙火，我們一起去吧。」

後來我主動先找她說話。

她遲疑地看著我的表情，過了半晌才露出笑容。

「好哇，一起去吧！」

我也回以微笑。接著她躺上我的大腿，開始抱怨起今天在學校的瑣事和系上的教授。我輕輕摸上她的頭髮。

一切都和從前無異，正是她所希望的。

去市集的路上我們牽著手，沒有搭公車，也拒絕了她騎機車的提議，儘管我其實很想坐一次她的機車後座。

「我比較喜歡這樣。」

肩膀靠上她的肩膀，十指交纏相扣，傍晚的風微涼，而她笑得羞赧又開心。

沿著我們走過的路，路燈在還未全暗的天空下一盞一盞亮起。

一路上我不怎麼說話，她倒是喋喋不休，不容許任何空白橫插進我們之間。

廣場燈火通明，色彩斑斕的小燈泡串起每一個精緻的攤位，食物的香氣飄散在每個人肩頭，攤子上陳列的各色商品，在這宛若慶典的氣氛下閃閃發亮。

我們穿梭在一片目不暇給，接著人群的驚呼聲劃破了夜空，眼前驟然炫亮，月光的銀白、火焰的紅、向日葵的黃，一束束璀璨升空，絢爛的盛放。

「溫珞妳看！」她回頭拉起我的手，笑得比綻放的花火還要燦爛，「是煙火！」

她的快樂過於浮誇，好像一再膨脹就能遮住赤裸裸攤在眼前的不堪，假裝我們牽著手就是永遠，即使我們連明天都不能確定。

煙火依舊璀璨盛大，光依舊模糊她的側臉。五彩的光點亮整個夜空，但抓住我目光的，是落下的光點餘燼。

市集有露天酒吧進駐，她興奮地拉著我走進，我們舉著杯子在夜色下相碰。長島冰茶、螺絲起子、瑪格麗特……不斷喝下名字讓人眼花撩亂的調酒，她雙頰殷紅咯咯笑著，從未停止上揚的嘴角。

走出店門，清涼的風撲在炙熱的臉上，微醺的感覺讓我有些飄然。像之前系上的慶功宴，趁著酒意朦朧，就能傾瀉出平常說不出口的話。

不遠處有個街頭藝人正在表演，吉他聲不斷撩撥著我的心弦。

我的手機鈴聲依舊是那首〈囚鳥〉，一直以來都是我聽羅瑀暄唱歌，也該輪到我爲她唱一回了。

我點完歌，她正好走出酒吧。看見我拿起麥克風，街頭表演的女孩在身後刷下和弦，她疑惑的臉很快就被驚喜取代。

圍繞的群眾紛紛拿出手機，點亮了手電筒的光，隨著音樂的旋律，手臂的浪潮擺動著。我淹沒在一片懸浮的光點之中，但一抬眼還是能準確找到羅瑀暄發亮的眼睛。她也開著燈，快樂又期盼的對著我笑。街頭藝人撥下主旋律的和弦，羅瑀暄陶醉地隨著人潮湧動，墜入她一心一意的浪漫氛圍。

情緒推上高峰，人群沸騰著，但我一開口唱歌，世界就只剩下我跟她的聲音。

想當星辰　卻像路燈
若愛一個人　切忌愛得太深
酒後傳的訊息　你別當真
我總感情用事　忘了不可能

也委屈你　長期容忍
但我們之間　該用什麼相稱
難道非要我愛　其他的人
你才心安理得　卸下了責任

我的光點停止擺動，只屬於我的、獨一無二的光，羅瑀暄的目光沿著我的臉灼燒。
我用力眨著眼睛，不讓淚水模糊視線。

我們不討論的關係　很接近卻不是愛情
擁有無數交集　要丟棄太可惜
我演的恨　真不誠懇
你最清楚　我是怎樣的人

我知道她會痛，我也想告訴她，我的傷口從她轉身離開時就從未癒合。即使後來她再次出現在我面前，每一次她裝作若無其事，那些裂痕仍會隱隱作痛，痛到難以呼吸。

沒人不羨慕的關係　只是沒結局的續集

爲什麼太熟悉　反而變成距離
觸不到的戀人　化身摯友也像搪塞
你明知道我　不會等到卻放任我等

歌曲結束之後，我將麥克風還給身後彈吉他的女孩。茫然看了好一陣，才終於在光點之中找到羅瑀暄，她的眼睛不再發光。

台下觀眾此起彼落的拍手，我的腳步有些虛浮，如夢似幻的幾分鐘已經用盡了所有力氣，我看著羅瑀暄向後退了一步，轉身淹沒在人群裡。

我連忙跟上，那一頭黑長直髮在人潮中若隱若現，彷彿下一秒就會消失。

我才推開紛雜的人群，就看到羅瑀暄站在路燈下。她一個人走不了太遠，爲什麼我以前從沒發現？她就在一轉頭就能闖進我的距離，才能如此輕而易舉地回頭，一再動搖我的心。

昏暗的道路上，我們一前一後的漫步。跟她始終都相差幾步，拿捏得當的距離。

那個在煙火下笑著說「接下來要好好相處」的女孩，哼著歌就讓我魂牽夢縈的女孩，那個在無盡濃稠的黑夜裡闖進來擁抱我的女孩，讓我跟在她身後亦步亦趨也甘之如飴。

而如今一切支離破碎。

「妳爲什麼要這樣？」

她沒有回頭。緊握到微微發抖的雙手像是傾盡全力，將所能做出最嚴厲的控訴拋至半空，儘管她其實無力指責什麼，我還是看著我的心被撕開一道裂縫。

「我累了，羅瑀暄。」我輕輕地說：「一直喜歡人也是會累的。」

「我們不是一直都好好的嗎？」羅瑀暄吸著鼻子，聲音沙啞，還是沒有轉過頭來。

聽著她控訴的語氣，好像我才是那個不知足的人。

明明最貪心的，是哪邊都割捨不下的她。

「妳只是害怕我離開，所以緊抓不放又不說破，這樣就能繼續不明不白的在一起。」

我抓住她的衣角，眼前的人才停了下來。

「妳覺得這樣的生活能持續到什麼時候？妳所謂的『好好的』，就是過一天算一天嗎？」

我欺身向前，五指鑽入她的掌心，把自己牢牢固定在她身上，強迫她抬頭看著我。

她避開我的眼神，一次又一次。

在熟悉的點點星空下，我們在這裡無數次揭開彼此，但是太過微弱的星光，終究還是照不亮傷痕累累的心。

「妳要等到妳媽發現嗎？還是妳要一輩子都跟妳媽介紹我是妳的好朋友？妳要跟他結婚，然後繼續跟我住在一起嗎？」

「那妳呢？」她抬頭反擊，「妳就有跟妳媽說妳在跟女生交往嗎？」

空氣一瞬間撕裂，我深吸了口氣，雖然有所準備，但她總能輕易刺進最深的地方。她看到我的表情，瑟縮了一下，眼眶逐漸變得通紅，就像好久以前在宿舍陽台的那個晚上，我第一次靠近她的那個晚上。

「我沒有妳那麼勇敢。」

「我也不夠勇敢，所以我從沒告訴妳我喜歡妳。」看著她躲閃的眼神，我抓緊她想抽回的手，「妳不要再假裝沒有這回事。」

「我也喜歡妳啊！」出乎意料，她猛然抬頭，眼眶盈滿淚水。

「爲什麼妳不能體諒我？我只是希望日子可以過得輕鬆一點。」

羅瑀暄哭了起來，忽然就滔滔不絕，跟她的眼淚一起，不停揭開自己。

「我媽只是看到了我放在抽屜裡的彩虹緞帶，就歇斯底里地問我是不是同性戀。她聽到我在房間講電話的時候更激動，每次都要闖進來看我到底在跟誰講電話。

「上次她看到妳的頭貼跟我的很像，直接把我的手機砸爛了，她哭著說我有病、很噁心，還衝到陽台鬧自殺。」

「羅瑀暄，妳可以跟我說，妳明明知道我能理解，但妳卻直接消失，再次出現也從不解釋。」我無力地擦去她的眼淚，我才是該哭的那一個，「妳有給過我們機會嗎？」

「我怎麼可以？溫珞予，家庭就是妳的隱痛，我怎麼能再把妳牽扯進另一個地獄？」

她抬起滿是淚水的眼睛，堅決地看著我，任憑浪潮沖垮自己也不移開目光。

「我連保護自己都做不到，要怎麼保護妳不受波及？」

滿溢的情感和隱情讓人手足無措。思緒飄回那個正午，她在烈日下無處可去的落寞，原來早就有跡可尋，爲什麼那時候的我選擇轉身逃開？

「那高睦恩呢？」我還是忍不住開口。

「他是偶然發現的，他爸媽叫他折返送東西過來時站在門口聽到的。」提起他，羅瑀暄的語氣沒有一絲多餘的情緒。

「如果連妳都不能說，我還能夠對誰說？他知道就知道了，以後再發生什麼事，我也只能對著他說。

「他要怎麼看我，我根本無所謂，但我在乎妳，不想把妳牽扯進我家的一團混亂。我以爲跟妳保持距離是在保護妳，結果反而把妳推離我身邊。」

「妳應該告訴我的。而不是自以爲是的爲我好。」

說出這句話的同時心臟揪了一下。我不也自以爲是爲魏如穎好，所以一再把她推遠，不想造成她的困擾所以閉口不言，裂痕和誤會，以及越來越遠的距離，都是我一手任由它們滋長。

「我現在就告訴妳，全部。」她深吸一口氣。

我們已經走到家門口，但在門前昏黃的路燈下，沒有人挪動腳步。

「他借我的筆記幫了我很大的忙，系上排名提高了不少，我媽很高興，覺得他對我有好的影響。只要說我跟高睦恩出去，她就會笑吟吟地塞錢給我。去哪裡都行，也不用報備，我第一次知道自由的味道。

「我也覺得很可笑，都什麼年代了，如果我考不上律師的話，將來嫁個律師也可以，反正他爸的律師事務所，也需要一些和我爸變親近的理由，將來好談合作。他有需要和我交好的原因，我也有需要他的時候。

「我知道我很卑鄙也很自私，可是我眞的只是希望日子可以過得輕鬆一點。」她拉起我的手，依循我的方式，將五指扣合上我的，「妳可以理解嗎？」

迫切的眼睛，亟欲挽回的雙手，但過去終究是過去，許多事情早已不會再回來了。

「我懂啊，羅瑀喧，我眞的懂。」我看著她淺色的眼中擦過一絲希望的火花，鬆開了手，「可是我們不能再這樣下去了。」

「爲什麼？」被我放開的手垂落至身側，她又退回那一步，蜷縮回原本的姿態。

「我們不是一直都好好的嗎？」她又說了一次。

「那是妳要的，妳有想過我要的是什麼嗎？」那瞬間我忽然有點生氣，不想再繼續哄著她、讓著她。

手掌移至後腦勺，將她推往我的方向，嘴唇生澀而用力地碰撞在一起。

她閉上眼睛的時候，沾溼的睫毛掃過我的臉頰，留下長短不一的水痕。

鼻尖相抵，顫抖著呼出的氣息比眼淚更溼、更重，像一場欲來的大雨，在落下之前，就已經將我們從頭到腳浸溼。

被壓在我胸口的冰冷手掌是她最低限度的掙扎，我的掌心緊緊扣住她，吻到我們都透不過氣。

「我不要只能擁抱妳、當妳的好朋友。」微微喘息，我看著她，眼眶一陣酸澀，「我不想再和以前一樣了，我想要更多，但妳無法給我。」

我鬆開手，本以爲她會如往常一樣退縮，她卻反手抓住我的手臂，仰頭迎上。

「如果這是妳希望的，我全部都可以給妳。」

她的嘴唇跟聲音一樣顫抖，仍執拗的欺身上前，我們再次貼合。我閉上眼睛，感受她冰涼的唇一點一點探進深處。

她拉著我走上階梯，鐵灰色的大門關上，她將我壓往門板，嘴唇再次貼上，酒精的氣味瀰漫在唇舌之間，混亂而炙熱。

我們從玄關一路吻到木頭地板，髮絲散亂交纏，最後準確地倒臥在床上。

她的手伸進布料和肌膚間的縫隙，那些溼黏的觸碰和雨夜的記憶，在她冰涼的指尖經過後沒有被喚醒。我壓抑著想哭的衝動，感覺身體裡一直以來受到噩夢緊緊纏繞的部分，被她一點一點溫柔地揭開。

吻從嘴唇一路向下游走，在我的脖子和鎖骨之間來回壓印，我拱起身子回應，她柔軟的嘴唇會留下炙熱的痕跡。

所有思緒蕩然無存，只剩下讓彼此都快樂的念頭。依循本能，我也開始探索在腦中勾勒無數次，想觸碰卻不得其門而入的羅瑪暄。鎖骨、脖頸和肩膀，仔細滑過每一寸肌膚，順著美好的曲線緩緩細數。

撫過她後頸時，她發出一聲滿足的嘆息。然後我抬頭，以嘴唇來來回回複述，想用身體記牢她的輪廓。

她的手由下而上，沿著我的腰線游移，衣服被撩至胸口，她的輕吻落在肚臍上方，緩緩向上爬升，迎向更柔軟的地方。

脈搏隨著她的觸碰清晰綻放，我閉上眼睛，強烈渴望著她走進最深處。

體溫變得滾燙，從腰間移往胸前的撫摸慢了下來，略微遲疑，感受得到肌膚相觸時她的顫抖，我低頭看見她淚流滿面。她一樣快樂，也一樣徬徨。

貼近的時候好快樂也好痛苦，我們在彼此身上發掘出更多快樂的道路，以爲終究能抵達愛。

但當我看進她盈滿淚水的眼睛，忽然窺見了未來的模樣。我們會在無人看見的角落盡情接吻，好像全世界只剩下彼此，可是當太陽升起，在世界和眾人面前，我們依然什麼都不是。

直到最後，她還是打算逃進另一種關係裡。關係改變了，可終究是逃避。

她的眼淚匯聚成河，我漸漸覺得自己又要被淹沒。

羅瑪暄喜歡什麼我就喜歡，羅瑪暄流淚我就退讓，只爲了讓她多喜歡我一點。

我驀地理解，魏如穎和我之間，原來也是這樣。

看到魏如穎決絕的眼神，我終於明白，愛一個人到失去自我是多麼可怕，那正是我現在的模樣。

即使前方是深淵也奮不顧身，將遍體鱗傷的自己磨合成對方喜歡的模樣。

「羅瑪暄，好了。」

我輕輕壓下在我胸部邊緣徬徨游移的手，「已經夠了。」

停止一切會讓我快樂，同時讓我沉淪和心軟的觸碰。即使我也渴望更多。

「這樣不會改變什麼，妳知道的。」

「對不起。」

她的手停留在胸部下緣，輕輕放在肋骨上方，那是最接近心臟的位置。

眼淚落在我的肩膀，「對不起，是我不夠勇敢，我真的好喜歡妳，可是我不知道怎麼停止害怕。」

「沒關係，羅瑪暄。」我抬起手，輕輕拭去她的眼淚。

「我也一樣會害怕，也因此傷害過人，可是我已經決定要開始學習怎麼勇敢。」

炙熱的體溫消散在黑暗中，她失去支撐的力氣癱軟下來，顫抖的氣息埋入我的頸部。

「我原諒妳，所以妳也要原諒自己。」我靠在她的耳邊說，緩緩摸過她的後腦勺，「然後我們都要學會勇敢的方法。」

我輕輕鬆開環抱著羅瑪暄的雙手，一點一點抽離貼合的部分，褪去她在我身上遺留的觸碰，感覺自己也一點一點拼湊回來。

我不想再活得不像自己了。

「不管時間過了多久、兜了多少圈、遇見多少人，我總是可以重複喜歡上妳好幾次。我知道選擇我會讓妳走上艱辛的路，即使如此，還是希望妳能夠選擇我。」

放輕語調，像在哄小孩，只是我不那麼確定哄騙的是羅瑪暄還是自己。

她的體溫還殘留在我身上，每一次觸碰都會留下鮮明而快樂的印記。我漸漸分不清痛和喜歡、分不清雨和太陽。快樂和悲傷早已面目模糊，都是她的模樣。

如果天亮之後，我們還是要放開彼此的手，我希望這次是自己先走。

「也許以後，我們還會再相遇。總有一天，等到我們都能勇敢面對自己的時候。」

我再次伸手，將她拉進懷裡，她的氣味盈滿鼻尖，臉頰貼著我的左邊胸口，我們深深相擁，心跳和味道都混合在一起，彼此的體溫緊緊纏繞。但我們都知道這個擁抱和方才的差別。

她不斷低喃的道歉和著眼淚，反覆從胸口溢出。

然後漸漸的，「對不起」變成了「不要走」。

「沒關係。」我只能回應她的道歉。

其實我也好想不顧一切地說「不要走」，好想回應她「我不會走」，但我們早已錯過開口的時機了，在更早之前，我就應該拉住她的手。

太多的誤會、太多的錯過、太多的爲彼此著想。

我們閉上眼睛，太陽不論如何終究會在明日升起，在那之前，我們還有時間可以一起沉入更深的地方。

我是被太陽喚醒的。

陽光自窗簾的縫隙透進，將整個房間烘得溫暖而乾燥。我在床上睜著眼睛躺了很久，想多看一會日常重新迎來曙光的模樣。

但我還有更重要的事必須去做。

輕手輕腳地起身，羅瑪暄還在熟睡，臉上的淚痕未乾，領口被她收在胸前的手抓皺，保護的姿態、防衛的姿態，也是她愛人的姿態。

輕輕撥開交纏的髮絲，收回被她緊攥在胸口的手，我抽回自己，滿懷的陽光從此遺留在房間。

雖然離開太陽會讓人痛苦，但我已經下定決心，不想再和太陽一起逃避。

她的光芒曾是救贖，即使被灼傷也甘願留下，但那些緩慢的傷害，從來都不是隱忍著就能走向未來。

我看著窗外透出的日光映在她的側臉，溫暖平靜而祥和，好像終於能生出勇氣，離開她讓人眷戀的溫度。

我總是可以喜歡上妳好幾次，不論妳是什麼樣子，不論妳選擇的是誰。

如果兜兜轉轉終究會繞回彼此身邊，那麼我希望，我們都是以更問心無愧的模樣相遇。

我好希望我們都能成爲會發光的那個人。

打開鐵灰色的大門，天空是萬里無雲的晴朗，陽光灑落在臉上，天氣正好，我瞇著眼睛伸手遮擋，陰影輕巧地舒緩刺眼的陽光，我已經慢慢找到不會被太陽灼傷的方式。

抬腳跨過門檻的時候，我想起魏如穎，她比我更早學會離開，如今該換我學會成長。

我跨出一步，離開了小套房，那是遠離太陽的方向，是和我的向陽之處背道而馳的方向。

——全文完

番外
雨的城市

溫珞予留給我的東西不多，只有一間空蕩的套房，以及那對Sunshine和Rain的香水。轉上瓶蓋後，滲漏出來的香氣十分幽微，卻占滿了無數個輾轉難眠的夜晚。我收了好久都收拾不完。

又或許是她其實還留下了滿屋子喧囂的思念。

她不知道我那時錄下她唱歌的影片，難以成眠的深夜裡，我一遍遍按下播放，她的聲音就順著縫隙流入每一個地方。

反覆看著，反覆聽著，反覆流淚。

螢幕裡的溫珞站在光點的中心，臉上泛著酒精催化的紅暈，眼神無比悲傷。她明明將全部的自己都給了我，爲什麼那時候的我只會害怕，怕到對她的疼痛視若無睹？

每次看著她微微顫抖著站在人群中央的時候，我都在想，她的身體那麼纖弱，是怎麼生出這麼多勇氣的？

而那時的我又哭又鬧，像個孩子般耍賴，以爲她會一如既往地讓著我、擁抱我的任性。

但是她走了。

她很清楚我們一再假裝的美好實際上不堪一擊。

一直以來，她不過是在配合我罷了。

溫珞離開之後，我的世界空蕩的可怕。寂寞的聲音太吵，會在深夜的每一處迴盪。

我用盡全力將生活塞滿，日子才勉強得以向前運行。

大學的最後一年，我把自己關在房裡深埋於書堆之中，我阻止不了自己，一旦停止往腦海裡塞入文字，思緒就會飛馳到有她的地方。

其實這樣也好，至少可以把傷痛隱藏在忙碌的表面之下。人人看著我的憔悴總會說：「律師考試不好準備吧？」

「羅瑀暄，妳真的是個笨蛋。」只有若琳用一種憐憫的神情看著我，半是同情的提及溫珞正積極尋找在台北的實習。

我只剩下拚命讀書了。

畢業後，我應屆通過司法特考，而後拚死拚活擠進全台前幾名的律師事務所。媽媽難得露出笑容，親戚見了面總浮誇的稱讚，要自己的小孩向我看齊。爸爸的朋友們流水般地登門道賀，擺出前輩的姿態問我要選擇哪一間事務所。

我端起笑容虛應。去哪一間都無所謂，我只是需要有個理由，能名正言順地搬到台北。

台北是個多雨的城市。冬天的雨又溼又冷，蕭瑟的風刺入骨髓，凍得難受。每當我不得已咬著牙，拉緊大衣在寒風冽雨中快速穿梭的時候，我總是會不自覺地想起她。我一次次拋下她的時候，她的心是不是更冷？

我以爲她會一直在我身邊，所以我的轉身總是輕而易舉，害怕時就逃跑，不小心離得太遠，再重新往回走就好。

她的愛是無條件包容，慣壞了我的任性，我從沒意識到她也有離開我的權力。

我試著找過她，一次又一次走回那條小徑，期盼她會像之前那樣出現。我不斷告訴自己，她仍舊會有需要我的時候，但她就像雨水蒸發般從我身邊消失了，安安靜靜的飄散，一絲眷戀的痕跡都沒有留下。

比起不斷逃跑的我，緊緊拉住我們的，或許一直都是溫珞。

我的世界總是風雨不斷，而溫珞予也是雨，她在喧囂的雨夜先對我伸出手，輕易流淌進我的心裡。

她也很悲傷，卻比我更加堅強。她的傷痕成爲更柔軟的擁抱，完好地包覆另一顆傷痕累累的心。

不成熟無妨，不夠勇敢也沒關係，溫珞總會一再接納我的任性，就算無理取鬧也會笑著陪我打打鬧鬧。我們盡情揮霍快樂，笑倒在彼此身上，她載著後座的我，乘風飛往更遠的地方。

我不用再強迫自己長大，不用勉強自己滿足他人過度的期待，也不用支撐起早已支離破碎的家庭，我終於能感受到愛，感受到被照顧是多麼幸福的一件事。

我不是好孩子羅瑀暄，我也想胡鬧，不想維持好成績，偶爾任性妄爲，而溫珞無條件接納了這樣的我，和她在一起的時候，我終於能做一回眞實的自己。

我再也不會覺得自己隻身站在風雨裡，孤獨地對抗整個世界，因爲我知道，溫珞會一直在我身邊。

她是溫暖的流水，是善解人意的綿綿細雨，是將傷痕累累的心洗滌得一乾二淨，既寧靜又清新的雨。

我時常回想起我們一起住在小套房裡的那段日子，窗外灑落的陽光照得空氣閃閃發亮，我枕在她的腿上，把玩她的頭髮就能耗掉整個下午。

她總是側頭看著我，帶著平靜如水的淺笑。她始終在我身邊，在我一回頭就能看見的距離。

而我貪戀她的照顧，順理成章的依賴。

我以爲日子會一直走到盡頭。

漸漸地，我需要聞著Rain的氣味才能入眠，於是一年中總會南下幾趟，只要瓶子空了，我就會到「日落電影院」去補貨。

老闆娘是個熱情多話的人，她很快就記住了我，那個只買「陽光」和「小雨」的客人。

「妳眞的是這對香水的超級死忠粉耶！」老闆娘走到櫃檯後方拿出替我預留的Sunshine和Rain，「這系列這麼受歡迎我好開心！之前也有個女生會特別從很遠的地方下來買。」

我摸索著錢包的動作一滯，心跳因爲這句話開始失序。

「是喔？居然有人跟我一樣狂熱。她也是從台北來的嗎？」我端著平時的語氣，不著痕跡地打探，內心隱隱期待而悸動著。

「我不太記得了耶，她話不多，總是很安靜的在店裡逛，有時只買Sunshine和Rain就走了。」

老闆娘聳了聳肩，推門而響起的風鈴聲從我身後傳來，很快轉移了老闆娘的注意力，話題連同我找到她的機會就這樣被一併帶過。

「對了對了，我要宣布一個大消息，那就是我們要開線上通路了！之後就可以線上訂購，直接宅配到台北，寄店到店也可以，妳就不用特地跑一趟。」

她遞給我一張附上QR code的名片，我愼重地收進大衣口袋裡卻從來沒有掃描過，每過幾個月還是會定時過去買香水。

就算我像個傻瓜一樣南北來回奔波，也還是沒有遇到溫珞。

原來住在同一個城市的距離沒有想像中接近。每一個陽光普照的日子，我都會看著晴朗的天空，在紛亂雜沓的城市裡漫步，然後期待在下一個轉角，就會跌進那一雙溫柔的眼睛裡。

台北的步調很快，我夾在行色匆匆的行人裡不停地走著。沒有溫珞，日子忽然就沒有盡頭。

Vast & Hazy到台北舉辦專場演唱會的時候，我還特意請了假到網咖去搶票，心中的一角隱隱期待喜歡他們的溫珞也會站在台下。

演唱會當天特別冷，強烈寒流正好南下，但歡快的人潮絲毫不在意地塞滿表演場地，我很努力忽視身邊不是成雙成對就是成群結隊的人，只有我孤身站在陰影裡。

主唱的聲音一如既往的清澈，能穿透進最深的地方。在唱到〈求救訊號〉的時候，我不自覺回頭看，發現自己被浸透在無數飄浮的光點間，這些擺動著螢光棒的人加起來還不到台北的千分之一，我就已經沒辦法確定她在或不在。

我始終找不到當年在我身邊的女孩。

想找個柔軟的地方棲留
海洋　雲朵　或整個宇宙
噩夢又來過　害怕梗在喉頭

誰來接住我　否則我將無止盡墜落

漆黑的夜色裡，氣氛很高漲，蕭瑟的風很刺骨。身邊的人群推擠過來，我被夾在其中一起隨著澎湃的音樂搖擺。冰涼的空氣拍在臉頰上，舞台上的光影模模糊糊，我在一片黑暗之中，驀地掉下眼淚。

溫珞明明來自這麼寒冷的城市，但她所帶給我的，只有綿綿無盡的溫暖。曾經跟她一起生活在溫暖的南方，我的懦弱卻將她一再推向溼冷的北方。所以我現在在這裡了、在她的城市。置身於她的冬日能當作是償還嗎？

我沒辦法再裝作若無其事地接近她，不顧一切來到台北後，殘餘的勇氣只夠我虔誠祈禱著一些偶遇。

我只敢透過社群軟體窺視她的生活，試圖從縫隙中釋放出「我在台北」的微小訊息。我所有的限時動態，都只為了得到她的回應，一遍遍重複刷著觀看過的帳號，直到看見溫珞的頭貼。

我知道她看到了，但從來沒有下文。

「羅瑀暄，妳過來一下。」

原以為生活再也激不起一點波瀾，負責帶我的資深前輩雅英姊卻忽然把我叫進辦公室。

「坐。」她伸手比了比面前的座位，不等我坐下就切入主題，「羅瑀暄，妳進事務所多久了？」

「再一個月就滿兩年了。」

她的語氣讓我莫名的緊張。我做錯了什麼事嗎？但除去思念溫珞的時間，我還是很盡心盡力在工作上的啊！畢竟要是丟了這份工作，我也會失去待在台北的理由。

「有一家影視公司指名要妳接案，他們有部電影年底上映，需要一名法律顧問。」

她用指關節敲著桌子，長吁一口氣，下定決心般抬起頭。

「我也不知道他們爲什麼指名找妳，不過又覺得，這對新人來說是個很好的磨鍊，雖然這個案子的規模對妳而言可能有點吃力。妳覺得自己可以勝任嗎？」

完全出乎預料的發展，我懵懵懂懂地點頭，雅英姊微微勾起的嘴角像是讚許。

走出辦公室的時候，大家都用欽羨的目光看著我。坐在我隔壁的小夏將椅子滑到我身邊，用手肘頂了頂我，「恭喜啊！大案子呢！」

我盯著手中雅英姊給我的資料發愣，小夏又說了幾句，談成之後等我請吃飯。還飄來幾個人的道賀聲。

除了溫珞，我對日子一無所求，我知道這是個很好的機會，無論是對前程或是薪資，但我忽然對本該感到開心的時刻萌生出抗拒。我有資格過得好嗎？

直到合約從印表機印出來，我還是沒什麼投入感。

第一次開會，雅英姊陪著我到對方公司，我們坐在會議室裡，半杯咖啡喝完，門才再一次被打開。

掛著識別證的幾人魚貫而入，遞來的名片上頭印著製作人、導演和副導，雅英姊連忙起身寒暄，我也跟著翻找名片。餘光瞥見最後一個人走進會議室，並順手拉上了門。

我抬頭的瞬間世界爲之傾倒。

小心翼翼收妥的部分爭先恐後地散溢。身邊的人還在叨叨絮絮，嗡嗡的背景聲忽近忽遠，我在載浮載沉間只準確地抓到一句話。

「這位是我們的編劇溫珞予。」

她就坐在我眼前。

那瞬間，冬日的雨和溫暖的南方混合在一起，橫跨了幾年的思念拉扯成碎片飄浮在空氣中，每一片都是她。

接下來的會議模模糊糊地進行，我淨空腦袋讓身體自主運作，思緒緩緩飄到很遠的地方。

我始終沒有勇氣往她的方向看。

離開時，我甚至忘了帶走手機，於是我在雅英姊責難的目光下，獨自坐著電梯回到大樓。

「不好意思。」

電梯在中途停了下來，才開一道縫隙，溫珞就側身閃入。

四目相接的時候她微微愣住，但很快地她就揚起嘴角，恰到好處又不失禮貌的弧度。

眼前的溫珞既熟悉又陌生。

還來不及拉開距離，她轉身按著樓層按鈕時，髮絲在空中畫出一道弧形，擦過我的脖子，我呼吸一緊，Rain的味道從她身上飄散出來，那是記憶裡最純粹而乾淨的美好，清新的雨、微風吹拂的溼野草坪。

「恭喜妳。」電梯繼續向上爬升，我退到離她最遠的對角，深呼吸幾次才說得出這句，頸邊還殘留著她頭髮的觸感。

「謝謝。」

然後是一陣漫長的沉默。

一點長進都沒有啊！羅瑀暄。

我在心裡暗自咒罵，一見到她，我就退縮回原本的姿態。我們之間的氣氛是熟悉的緊張，相互試探、裝作無事，彼此都在等著對方先開口。

「電影，」溫珞的聲音打破了凝滯的空氣，她指了指電梯裡的海報，「要來看喔。」

「嗯，我會去。」我啞著聲音，好不容易才從乾涸的喉嚨擠出這句話。

電梯門開了，彷彿午夜十二點就會消失的魔法一般，我們瞬間被置回現實，偷來的時間結束了，她朝我露出淺淺的微笑。

「那再見了。」

在我聽來，好像在跟我道別。

溫珞轉身踏出電梯，我本能地抬手，她的髮絲卻從指縫間溜走。

「溫珞。」

我忍不住喊，不想要她再次從我眼前消失，儘管我從來都沒有資格央求她不要走。

「嗯？」她邊回頭邊拿下脖子上的識別證，及肩的髮被掛繩梳攏至同一側，拉著領口的時候，鎖骨和雪白的脖頸若隱若現，透出一絲灰藍色的光。

我愣了愣，電梯門在眼前關上。

我下意識壓住手腕，藏在襯衫下的小小凸起滲出冰涼，撫平了失序的心跳。

「這是拉長石，又叫灰月光石。」

閉上眼睛，我們並肩在陽台等待日出的清晨就會清晰地浮現。

「拉長石可以幫助妳展現真正的自己，吸引和自己靈魂契合的人。」我喃喃地複述。

後半句話被我藏在心裡——拉長石和月光石一起並稱為戀人之石，代表如月光般的美好愛情，也是守護愛情之石。

飾品店的老闆是個年輕的女孩，她眉飛色舞地向我介紹，手上拿著一對色澤、紋理相近的拉長石飾品，一條是手鍊，一條是項鍊。

「拉長石能夠吸引的是靈魂伴侶。」

在溫珞揭開自己的隔天，我特意繞過去買下了那條手鍊。毫無理由的，我戴上成對的拉長石。在曙光的清晨送出一半給她，將另外一半的靈魂安放在自己這裡。我在自己都還沒意識到之前就先拉起聯繫，想讓我們的寂寞有一條相偎的捷徑。

在我無法飛奔到她身邊的時刻，看著相同的物件就能說服自己，佩戴時就是相通的，脖子和手腕，都是能清楚感受到心臟跳動的地方，每一次的脈搏鼓動，感覺都承載著彼此的一點靈魂。

在瞥見溫珞藏在衣領間的項鍊之前，這條手鍊背負了太多彼此之間的無以名狀。好多個深夜裡，我睜著眼睛，看著幽藍色的光緊貼在手腕內側，冰涼順著血管蔓延，隨著心情起起伏伏、隨著自己的一廂情願，不斷將鍊子繫上又鬆開。

有時在出門前一刻決定拿下手鍊，將龐大的思念擱置在黑夜，不想在白日裡看得太清楚。

我將反覆脫下的拉長石手鍊重新戴上，小心翼翼藏進袖口。也許這樣我們的靈魂就可以一直靠得很近。即使我們不在一起。

日子平淡地繼續向前推移。本以爲再見到她時世界會天翻地覆，然而劇烈變動的只有地震的那一刻。碾碎美好的想像之後，徒留滿地斷垣殘壁，要我自己慢慢收拾。

我時常在裂縫邊緣漫無目的遊蕩，徒勞無功地盯著另一側看，盼望著雨、清新的草坪和不會溼冷的台北，盼望著溫珞會再一次從那裡走出。

我和溫珞的生活依然斷裂，她依舊只看而不回復我的限時動態。我們的交集僅限於影視公司偶爾寄到事務所的幾封文件。我經常回過神來才發現自己盯著有她簽名的那一頁看了很久，指尖反覆撫摸著她刻蝕在紙上的痕跡。

「羅小姐，有妳的信喔！」

下班後我照例買了晚餐，和社區的管理員點頭打個招呼就要走去搭電梯，他突然抬起頭叫住我。

管理員扶了扶臉上的老花眼鏡，從一旁的架子上抽出一個牛皮信封，看起來像是裝著公文的信件規格，以往都是寄到事務所的。我接過沉甸甸的牛皮信封，心跳忽然開始加快。

電梯門關上之後，我深吸了口氣，壓抑著微微顫抖的手將信封翻過來。

寄件人是溫珞的影視公司，不是溫珞。

我從鏡子的反射看見自己緩緩凝結的表情。

走進家門，踢掉鞋子、扔下包包，突如其來的疲憊感襲來，我努力支撐著自己走到客廳，癱軟在長毛地毯上。身體機械式的運作，我將文件隨手蓋在桌上，拆開免洗筷，然後打開晚餐的麻辣燙。忽然湧上一股難以言喻的失落。

見到面之後，好像變得更貪心了呢……

寂寞的聲音太吵了。我打開電視，想找個最嘈雜的節目填補空白，手指本能地按著遙控器，麻辣燙的熱氣蒸騰，我呆滯地看著螢幕上的畫面不斷切換，直到跳轉之間忽然出現溫珞的臉。

我急忙按下返回，娛樂台正在播送電影的宣傳節目，開會時見過面的導演、製作人和溫珞坐在高腳椅上，和一旁的主持人談話。

那天短暫的會面太過倉促，我還沒來得及好好看她。

我放下遙控器，看著螢幕裡的溫珞露出專業而制式化的笑容，及肩的中長髮依舊是莓果般的粉棕——我曾經嚷著喜歡的顏色。

我塞了一大口蔬菜到嘴裡，讓吸附的辣油在喉嚨灼燒，強迫自己中斷那些過多的、自以爲是的聯想。

「溫編劇還這麼年輕，就已經能夠負責像這部電影一樣，這麼龐大的劇本運作。眞的是讓人很佩服呢！關於劇本的寫作，溫編劇有什麼祕訣嗎？」主持人笑著拉開序幕，攝影棚的燈光打在溫珞身上，照得她微微發亮。

「其實只能說是幸運，我很慶幸有人會被我所寫的故事打動，甚至將它放到大銀幕上，讓更多人看見。」

「偷偷說，預告片我看了好幾遍，眞的很感人呢！」主持人點頭如搗蒜，「可以跟我們分享一下這個故事的靈感是來自哪裡嗎？」

溋珞眨了眨眼睛，往斜上方轉去的目光，透露出心裡的微微遲疑，這是她的小習慣。

過了比我想像中還更久的時間，她才緩緩開口：「這部電影的故事原型，是來自我青春裡一段特別的歲月。」

窗外忽然下起了雨，傾盆打在陽台邊緣，連同她的聲音一起將我淹沒。

「眞的嗎？」主持人露出驚喜的表情，「導演有提到，當初會被這個劇本吸引，就是因爲情感很眞實也很動人，沒想到其中還有這段連結呢！溋編劇當初爲什麼會想要寫下自己的故事呢？」

她抬眸，眼神飄蕩了一圈，忽地對準螢幕，我心一抽，恍然覺得她正看著我。

「就是覺得該記錄下這樣的自己。」她抿著唇笑了。

「就算再怎麼不堪，也是我們曾經認眞對待愛的模樣。愛人或被愛都會痛，青春即使讓人傷痕累累，但我們走過的路都值得被好好記住。」

「那……溋編劇看著自己的親身經歷被拍成電影，有什麼特別的感覺嗎？」

我不自覺地放下筷子，正襟危坐，專注地盯著她的嘴唇，試圖抓住她說的每一個字。

「其實我的經歷只是故事的原型，中間加入了很多額外收到的意見和想法，才讓故事發展成現在的模樣。」

她漂亮的眼睛沉靜了一下，接下去繼續說：「這部電影更像是換個視角看曾經發生的事，換個角度總會有一些新的體悟，但過去的事情已經過去了，由過去的體會造就現在更好的自己，然後好好前進，這才是最重要的。」

麻辣燙的蒸氣朦朧，遮住了螢幕上溫珞的臉。眼眶一陣灼熱，我擤著鼻涕，試圖說服自己是老闆的辣加太多，才會嗆得我眼淚直流。

還是說，我可以自私的認爲她是對著我一個人說的嗎？

「原來如此，我相信觀看過的人，一定都能從中得到屬於自己的感動和啟發。」主持人點了點頭表達認同。

節目接近尾聲，她低頭看了看訪綱，拋出最後一個問題，「那最後，溫編劇還有什麼話想跟觀眾們說嗎？」

「希望觀看的人也能跟著電影中的角色們一起成長。還有……」

溫珞稍微向前傾了傾身，專注地直視鏡頭，她的眼睛是深深的棕，就著明晃晃的燈光才會映出一絲焦糖的顏色。

傾盆的雨聲越來越猖狂，但她的嘴唇掀動，我就只能聽見她的聲音。

世界忽然只剩下她，溫珞一心一意地看著，彷彿能穿透攝影機和電視螢幕看進我的眼裡。

「最後，希望妳能看到這部電影。」

世界在一瞬間失重，然後被她牢牢抓住。

有什麼被觸動，我伸手拿過那封寄給我的牛皮信件，拆開封口，我壓抑著躁動的心跳，緩緩拿出裡頭的文件。

信封裡裝著法務資料，跟一些需要我校對的合約草稿。

我翻了兩頁，一張鵝黃色的小卡緩緩飄落。

柔和的黃色打底配上唯美的劇照，上頭壓著漂亮的草寫字體，那是一張首映會的電影票。

送給喧鬧雨夜裡照亮我的妳。

溫珞

後記
我們都要成爲會發光的人

通常我是會把事情做到最後一刻的人，每次Deadline的前十分鐘才在傳檔案，但這次華文大賞，我卻比截稿日早了一天半上傳稿子。

半夜三點，全部上傳完成的時候，我眞的差點跳起來鬼吼鬼叫、手舞足蹈，然後砸電腦（不是）。當時腦中只剩下一個念頭——我不修了。對！老娘不幹了！

不到兩個月的極限趕稿眞的會死人。

嚴格來說，我從十年前就開始寫作了，《向陽之處》卻是我人生中第一部長篇小說，能完成它，只有滿滿的感動和幸福，感覺達成一個對我而言非常重要的里程碑。

有故事想說的時候，日子總是特別鮮活，和書中的小孩們一起活過、愛過，最後一同成長，也算是給最初那個熱愛寫作，曾經立志要成爲小說家的自己一個小小的交代了。

大學四年因爲科系太過恐怖，寫作漸漸被生活的庸俗淹沒，有很長一段時間幾乎是完全停擺的狀態。

畢展辦完之後，有種不知該往何處的徬徨感。

那時是六月初，大家去完畢旅和環島後紛紛開始找工作，談論的話題總是圍繞著面試、薪水和休假。我忽然深刻地感覺到，這兩個月好像是最後一段能完整擁有的時光，可以去追逐夢想。

因此我鼓起勇氣決定參加今年的華文大賞（而且身爲拖延癌末期、功利主義者，沒人催就不寫文的廢物如我，眞的必須給自己目標和壓力，才有辦法完成這種規模的故事）。

這部作品能夠受到評審的欣賞，甚至擁有出版的機會，我眞的很幸運。年會頒獎的時候，我坐在台下發抖，祈禱自己的名字晚一點被念到。我實在太想太想出版一本自己的書了，我想這對每一個寫作的人來說，都是美夢成眞吧！

回來說說這個故事，大致上圍繞著三個女孩兜兜轉轉。

世界一直在落雨，所以也是雨的溫珞予。覺得世界總是充斥著雨喧，但本身是太陽的羅瑪暄。還有雖然很努力但跨不過差異，如影的魏如穎。

好像很難用幾句話概括我到底寫了什麼，但我最希望能好好描述的，大概是「成長」。

不顧一切向陽追逐的溫珞予，當太陽成爲救贖卻會將人灼傷，這樣的愛眞的值得嗎？

作爲走進溫珞予噩夢裡的第一人，其實不難理解，爲什麼她對羅瑪暄這麼難以割捨。

溫珞予是個複雜又細膩的人，背負著沉重的過去。她內心的轉折是最爲豐富的，也十分脆弱，會因爲害怕而退縮，又想好好被愛，在跌跌撞撞的過程中，難免不小心傷害到他人。

最後看著她學會勇敢，慢慢成爲自己想要的樣子，有種見證她成長向前的感動。

雖然魏如穎的名字設定是從「如影」發想，但在感情之中，她其實也影響了溫珞予很多。

是魏如穎告訴溫珞予，她也可以是別人眼中的太陽。而溫珞予最後勇敢選擇離開，也是因爲魏如穎。與她交往，以及她難以理解又讓人心疼的一連串行動，或多或少影響了溫珞予看待感情的方式。

羅瑀暄大概是最難描寫的一個角色。由於是溫珞予作爲第一人稱，許多羅瑀暄的苦衷跟內心的掙扎沒辦法很好的傳達給讀者。因爲不敢說出口，所以連喜歡溫珞予的心情都藏得很深，沒辦法表達得太明顯。

若有似無的曖昧眞的快搞死我了（掩面），寫太多，溫珞予又不是瞎了一定會看出來；寫太少，讀者又感受不到。

我永遠忘不了把初稿拿給朋友看的時候，她皺著眉頭說：「羅瑀暄爲什麼這麼機車？」

後來當然是大修了一遍羅瑀暄的部分，也希望能把她身上的衝突塑造得更立體。希望大家能理解這個角色所做的一些決定啦！她也很辛苦的（哭）。

當編輯跟我說要追加番外的時候，我其實很苦惱，因爲我覺得結局已經接近我心目中理想的樣子了，讓所有的狀態都有個小小的收尾，同時保留點空間，或釋懷、或苦澀、或留有餘韻。

與其說我喜歡BE，不如說，我喜歡詩意結局吧？

所以番外還是延續了同樣的精神，把想說的話說完，該有的勇氣生出來，剩下的故事就讓她們自己去創造吧！

有個文友這麼說：「好像繞了一大圈什麼都沒解決。」（我並不否認。）身邊的朋友們對這句話頗有感觸，直說這就是女孩和女孩悲慘的一生。尤其是沒有意識而對未知悸動感到慌張的女孩、被大眾眼光束縛住的女孩，或是愛上沒有相同心情的女孩。

女孩們的青春就是內心的無限糾葛，太輕易的觸碰所以模糊不清的曖昧界線，一點小舉動都會被無限放大。常常在一棵樹上吊死，而且死得不明不白。

女孩跟女孩之間的情感，儘管大多時候太過細微、若有似無，卻也眞摯而綿長，我很想抓住這些稍縱即逝的美好，《向陽之處》就這麼誕生了。

發現自己好喜歡寫這樣的故事，寫日常、寫平凡的互動與感情、寫愛的模樣。小說是虛構的，感情是眞實的，愛是眞實的，溫珞予、羅瑀暄還有魏如穎，都是眞實的。

回頭再看也許略顯平淡，但我就是希望它日常得像是會發生在你我身邊的故事。

希望每個讀完的人，都能從中產生一點共鳴。

謝謝N，沒有妳，我無法完成這個故事。

謝謝妳從頭到尾都超認眞對待，謝謝妳提供得鉅細靡遺，從各種瑣碎的日常要素，到讓我嚇瘋的一大串配樂歌單。

在我卡住撞牆的時候，或水深火熱修稿的時候，都是照亮我的燈塔，才得以讓故事順利走到最後。

好希望我眞的能成爲妳人生故事裡的若琳，在妳痛苦的時候陪伴妳、擁抱妳，成爲幫得上妳的存在。

愛人或被愛都會痛，但我們走過的路都值得被好好記住。再怎麼不堪，也是我們曾經認眞對待愛的模樣。

即使青春讓人傷痕累累，在回頭看的時候，會發現那些負傷前行的日子，都是燦爛輝煌的自己。

最後，想把這個故事送給妳，希望妳也能從中得到一些寬慰和救贖，然後學會更愛自己一點。

想用若琳的話告訴妳，「不告訴我也沒關係，自私一點也無妨，如果那樣是對妳最好的方式。因爲我眞的好希望妳可以快樂，妳値得這麼好。」

妳一定要快快樂樂的好嗎？

謝謝以客觀角度幫我看稿的H，一邊嫌棄我想的曖昧不夠曖昧，一邊提供了超多專業建議，讓我尊稱妳一聲曖昧大師。

眞的很喜歡跟妳一起討論作品，不論是小說、動漫還是影視，妳的獨特眼光跟見解給了我好多幫助。

謝謝妳從高中開始就一直說，看我的小說是妳的精神糧食。

謝謝H的朋友P，一直以來都給我的作品好評價，也提供很多意境和意象上的連結，對於困在自己作品裡的作者，簡直是豁然開朗的提點，能擁有這樣的讀者眞的很幸運。

謝謝D——一個不看愛情小說正在準備國考但還是花時間幫我看文的人類，在我寫文陷入低潮時當我的心靈支柱，還餵食我。我總是在離開電腦螢幕、踏出門找你的時候突然冒出一堆靈感，應該算是你的功勞（？）

聽到你說有被故事感動到的時候我也滿感動的。

謝謝我妹，拿出華文系的所學認眞地看這部作品，跟我談文本解讀和人物曲線，最後也眞的有讀出我在故事中想表達的情感成長。

謝謝願意肯定這個故事的評審。謝謝協助我完成出版夢想的編輯。

謝謝我每一個願意把這麼長的小說看完的朋朋。

謝謝所有點開這本書的讀者，你們的閱讀就是我繼續創作的養分。

今年夏天是最後的暑假，雖然我沒有去哪裡旅行，也沒有盡情的玩爆，但我完成了這個故事，就覺得沒有留下遺憾。

希望不用太久，我們就能在下一本書相遇。

貓草

POPO華文創作大賞 歷屆得獎作品

—— 歡迎掃描QR code，開始線上閱讀 ——

塔羅遊戲

夜間飛行 著

與你的戀愛練習

湯元元 著

聽雨的告白

茉寧 著

只想悄悄對你說

花聆 著

戀愛要在跳舞前

吉賽兒，抽根菸吧 著

噓，別告訴我

雨菓 著

英明的惡龍閣下

林落 著

剛剛好，先生

米琳 著

POPO華文創作大賞 歷屆得獎作品

—— 歡迎掃描QR code，開始線上閱讀 ——

以你為名的星光

築允檸 著

再見，也許有一天

光汐 著

Hey, 親愛的睡美男

吉賽兒，抽根菸吧 著

你被遺忘在夏天裡

A.Z. 著

有你的明天

雨菓 著

遲來的幸運

沫晨優 著

唯一的相戀機率

紫稀 著

贈以風信子

Vivi 著

國家圖書館出版品預行編目資料

向陽之處／貓草著. -- 初版. -- 臺北市 ： 城邦原創股份有限公司出版：英屬蓋曼群島商家庭傳媒股份有限公司城邦分公司發行, 2023.04
面；公分. --

ISBN 978-626-7217-37-5（平裝）

863.57　　112004949

向陽之處

作　　者／貓草
責任編輯／鄭啟樺、黃韻璇
行銷業務／林政杰
版　　權／李婷雯

副總經理／陳靜芬
總 經 理／黃淑貞
發 行 人／何飛鵬
法律顧問／元禾法律事務所　王子文律師
出　　版／城邦原創股份有限公司
台北市中山區民生東路二段 141 號 6 樓
電話：(02) 2509-5506　傳真：(02) 2500-1933
email：service@popo.tw
發　　行／英屬蓋曼群島商家庭傳媒股份有限公司城邦分公司
聯絡地址：台北市中山區民生東路二段 141 號 6 樓
書虫客服服務專線：(02) 25007718・(02) 25007719
24小時傳眞服務：(02) 25001990・(02) 25001991
服務時間：週一至週五09:30-12:00・13:30-17:00
郵撥帳號：19863813　戶名：書虫股份有限公司
讀者服務信箱 email：service@readingclub.com.tw
城邦讀書花園網址：www.cite.com.tw
香港發行所／城邦（香港）出版集團有限公司
地址：香港灣仔駱克道 193 號東超商業中心 1 樓
email：hkcite@biznetvigator.com
電話：(852) 25086231　傳眞：(852) 25789337
馬新發行所／城邦（馬新）出版集團 Cité(M)Sdn. Bhd.
41, Jalan Radin Anum, Bandar Baru Sri Petaling,
57000 Kuala Lumpur, Malaysia.
電話：(603) 90563833　傳眞：(603) 90576622
email:services@cite.my

封面設計／Gincy
電腦排版／游淑萍
印　　刷／漾格科技股份有限公司
經 銷 商／聯合發行股份有限公司
電話：(02)2917-8022　傳眞：(02)2911-0053

■ 2023 年 4 月初版　　Printed in Taiwan
■ 2023 年 6 月初版 1.2 刷

定價／320元

ISBN　978-626-7217-37-5

POPO城邦原創 www.popo.tw　城邦讀書花園 www.cite.com.tw